DU MÊME AUTEUR

Récits

LA CHUTE DE CHEVAL, Gallimard, 1998 (prix Roger Nimier). Folio, n° 3335, édition augmentée. La Bibliothèque Gallimard, n° 145, présentation et dossier de Geneviève Winter.

BARBARA, CLAIRE DE NUIT, La Martinière, 1999. Folio, n° 3653, édition augmentée.

THÉÂTRE INTIME, Gallimard, 2003 (prix Essai France Télévisions). Folio, n° 4028, édition augmentée.

BARTABAS, ROMAN, Gallimard, 2004 (prix Jean Freustié). Folio, n° 4371, édition augmentée.

SON EXCELLENCE, MONSIEUR MON AMI, Gallimard, 2008 (prix Prince Pierre de Monaco; prix Duménil). Folio, n° 4944, édition augmentée.

OLIVIER, Gallimard, 2011 (grand prix Marie-Claire). Folio, édition augmentée, n° 5445.

Romans

C'ÉTAIT TOUS LES JOURS TEMPÊTE, Gallimard, 2001 (prix Maurice Genevoix). Folio, n° 3737.

LES SŒURS DE PRAGUE, Gallimard, 2007. Folio, n° 4706.

L'ÉCUYER MIROBOLANT, Gallimard, 2010 (prix Pégase Cadre Noir). Folio, n° 5319.

Journal

CAVALIER SEUL, Gallimard, 2006. Folio, n° 4500, édition augmentée.

Essais

POUR JEAN PRÉVOST, Gallimard, 1994 (prix Médicis Essai; grand prix de l'Essai de la Société des Gens de Lettres). Folio, n° 3257.

LITTÉRATURE VAGABONDE, Flammarion, 1995. Pocket, n° 10533, édition augmentée.

Suite des œuvres de Jérôme Garcin en fin de volume

BLEUS HORIZONS

JÉRÔME GARCIN

BLEUS HORIZONS

roman

nrf

GALLIMARD

À Anne-Marie

Cette fois, mon cœur, c'est le grand voyage.

JEAN DE LA VILLE DE MIRMONT

Paris, décembre 1914

Elle voulait savoir, elle voulait comprendre. Je découvrais une femme exaspérée dont la colère seule semblait pouvoir détourner et raisonner la douleur. Elle attendait de moi que je l'encourage à porter plainte non pas contre l'armée, mais contre le destin. La tâche était vraiment trop lourde, et j'étais si las. Je me contentai, ce jour-là, de compatir avec elle et d'approuver, en hochant la tête, une démarche procédurière dont, naturellement rétif à toute idée de Providence, je ne voyais guère l'issue. Car je venais de perdre sous les orages d'acier mes dernières illusions sur un hypothétique gouvernement céleste. Croyait-elle vraiment pouvoir intimider Dieu et faire condamner, pour la mort de son garçon, le juge suprême?

J'avais rencontré Mme de La Ville de Mirmont au bar de l'hôtel Meurice, où elle était descendue. Sans en rien laisser paraître, je lui en voulais un peu de me voler quelques précieux instants sur les maigres six jours de permission concédés, pour les fêtes de Noël, à ma compagnie, ou plutôt à ce qu'il en restait.

À peine descendu du train où les rescapés s'étaient serrés les uns contre les autres dans un silence tombal, j'avais trouvé sa lettre, postée de Bordeaux le 12 décembre, sur la commode de l'entrée, chez mes parents. Elle contenait aussi un poème.

« Monsieur,

Je suis la mère de Jean de La Ville de Mirmont, sergent au 57ᵉ régiment d'infanterie, tué à l'ennemi le 28 novembre 1914 sur le front de Verneuil. Je sais, par ses lettres, dont les dernières me sont parvenues après sa mort, combien vous étiez proches, combien vous avez compté pour lui.

Plusieurs fois, il m'écrivit que, s'il lui arrivait malheur, c'est à vous que je devrais m'adresser : "Louis me connaît aussi bien que je me connais. La guerre a fait de nous des presque frères. Nous nous sommes promis, si l'un de nous deux venait à être tué, de nous rester fidèles. Le survivant témoignerait pour le disparu. Le disparu s'abandonnerait au survivant."

Il n'est plus là, mais le destin vous a épargné.

J'ai besoin de vous rencontrer.

J'ai besoin que vous me parliez de lui.

J'ai besoin de le voir, une dernière fois, dans vos yeux qui ne l'ont pas quitté jusqu'à son dernier soupir.

Je viendrai à Paris, le 24 décembre, et je sais que je peux compter sur vous.

Sophie de La Ville de Mirmont.

P-S : Sur la table de travail de mon fils, j'ai trouvé ce poème prémonitoire, qu'il écrivit la veille de son départ pour l'armée. Je vous en confie le manuscrit. Moi, je le connais par cœur. »

Cette fois, mon cœur, c'est le grand voyage ;
Nous ne savons pas quand nous reviendrons.
Serons-nous plus fiers, plus fous ou plus sages ?
Qu'importe, mon cœur, puisque nous partons !

Avant de partir, mets dans ton bagage
Les plus beaux désirs que nous offrirons.
Ne regrette rien, car d'autres visages
Et d'autres amours nous consoleront.

Cette fois, mon cœur, c'est le grand voyage.

Dieu que l'exaltation de Jean était tranquille. Il était donc parti pour le front avec le pressentiment qu'il n'en reviendrait pas. Ces vers lui ressemblaient, on aurait dit un miroir. En marge du quatrième vers de la première strophe, il avait donné cette autre version : « Emporte avec toi tes futurs pardons... »

Mme de La Ville de Mirmont était toute de noir vêtue. Le deuil ajoutait à son élégance. Sous la voilette, ses yeux étaient cernés. Au début, elle me regardait avec dureté, comme si j'avais usurpé la place de son fils. Et puis, sa révolte s'était assoupie. Elle m'avait juste soufflé : « Racontez-moi tout. » Je lui répondis que j'allais essayer, mais que ça n'était pas facile, que mon récit n'exprimerait jamais ce que nous venions de vivre et que j'avais aussi appris là-bas, moi qui les avais tant aimés, à douter des mots.

Elle buvait du thé à la bergamote. J'ai demandé un double cognac.

Verneuil-en-Champagne, novembre 1914

J'ai rencontré Jean pour la première fois le 12 septembre 1914, à Libourne, où stationnait la 29e compagnie du 57e de ligne, et où il venait d'arriver dans un train dont les deux wagons de queue étaient remplis de prisonniers prussiens. On logeait dans l'ancien hôpital de la ville, où régnait un désordre assez joyeux, bien peu militaire. La confusion mêlée des commandements paradoxaux venus d'en haut et des informations contradictoires venues du front poussait les hommes à une fraternisation tantôt amusée, tantôt apeurée. On attendait on ne savait quoi en se montant le bourrichon.

Jean était un garçon très différent des autres, à la fois ténébreux et ardent. Il s'absentait parfois de notre incessant remue-ménage, se perdait dans d'étranges rêveries, et, lorsqu'il revenait à lui, tenait alors des discours patriotiques enflammés, demandait à en découdre au plus vite, avait hâte de bouter les Allemands hors de France, prétendait appartenir à « un grand peuple de soldats ». Bref, il se « déroulédisait ». Certains se moquaient de lui. Moi, je le prenais au sérieux. Il me touchait, ce jeune homme idéaliste et myope si attiré par le feu, et dont la chevalière en or, sur laquelle étaient gravées les armes des La Ville de Mirmont, brillait comme une oriflamme. Il disait qu'il appartenait à une famille de vieille noblesse landaise et protestante dont l'épée avait toujours protégé la vertu, et qu'il saurait, une fois encore, s'en montrer le digne héritier : « Je tiens de mes parents, qui sont sobres, robustes et positifs. Je ne suis guère sujet aux idées noires. » Votre fils était, comment dire, habité.

D'avoir rongé son frein dans les jours qui suivirent la mobilisation renforçait sans doute sa hargne un peu sauvage et son désir de courir, sans tarder, de nouveaux dangers. Il m'avait en effet raconté combien il avait souffert de s'être fait éconduire par la Commission de réforme au prétexte qu'il avait la vue courte, le corps malingre, la cage thoracique étroite, et qu'il était trop nerveux. Afin de tromper les médecins militaires, il avait même tenté de ne manger que des féculents. Mais cela n'avait pas suffi, il ne grossissait pas, il brûlait tout, et on le priait sèchement de « disposer ». Chaque fois qu'il se rendait dans les bureaux de recrutement de la porte de Châtillon et de la porte de Passy pour exiger une contre-expertise, il s'entendait dire que son « coefficient pondéro-statural » le rendait décidément inapte au service armé. Ce qu'il traduisait par : je ne suis pas assez vivant pour faire un bon mort. Un verdict qui lui rappelait l'époque maudite où, pour les mêmes raisons, il avait été recalé à Navale — mais vous savez mieux que moi combien cette humiliation l'avait marqué, comme si sa virilité avait alors été remise en question. Il avait finalement arraché à un officier compatissant, tel un privilège exceptionnel, « un engagement pour la seule durée des hostilités ». Il portait le matricule 6593 et ne cessait de caresser le manche d'un canif patriotique glissé dans sa poche sur lequel étaient gravés ces trois mots : « Mort à Guillaume. »

Dès que Jean sut mon amour de la littérature, nous sympathisâmes. Un soir, il me confia, d'une voix légèrement chuintante, qu'il écrivait, qu'il venait même de publier son premier roman, *Les Dimanches de Jean Dézert*, et qu'il vous avait laissé par écrit, à vous seule, un ordre testamentaire : « J'ai un volume de vers tout prêt, *L'Horizon chimérique*. Tu le trouveras sur la table de ma chambre. Et tu le publieras. » Il me lut ce mot sans se vanter, un peu comme s'il m'informait qu'il s'était fait vacciner contre la variole ou le typhus. Pour ma part, je lui parlai du récit sur mon enfance dont j'avais déjà rédigé une dizaine de chapitres et de mes lectures de chevet. Nous découvrîmes que nous cherchions la compagnie des mêmes poètes, Baudelaire,

Laforgue, Moréas et Jammes. Il me répétait souvent : « Tu verras, Louis, la guerre nous rendra plus forts. Et nous écrirons mieux après... »

À peine avons-nous eu le temps de finir, au pas de charge, une formation accélérée, et d'entraîner la poignée de conscrits dont nous avions la charge sous l'œil désemparé des premiers blessés venus du front — ils semblaient s'étonner, derrière leurs bandages et des garrots de fortune, de notre excitation à les remplacer, de notre précipitation à vouloir mourir —, que nous avons reçu l'ordre de départ.

Le 26 septembre à l'aube, nous avons quitté Libourne et ses vignobles de merlot, où les vendanges battaient leur plein, pour embarquer dans des wagons à bestiaux. Le train roula jusqu'à Noisy-le-Sec sans s'arrêter, et il repartit ensuite, Meaux, Château-Thierry, jusqu'à Fismes, où nous descendîmes pour marcher, pendant quatre longues heures, au milieu des champs plantés de croix de bois, vers le front de Cuiry. Là, nous fûmes accueillis par un orage apocalyptique d'obus de 220. Le ciel nous tombait sur la tête, vers lequel remontaient des nuages de poussière noire. Nous entendîmes autour de nous les premiers hurlements de douleur, mais le plus effrayant fut de sentir dégringoler sur nos capotes une pluie molle de débris humains. C'était dantesque. Jean me disait que ça ressemblait à ses cauchemars d'enfant. J'ignorais qu'on pût basculer si vite dans la bataille, passer en quelques jours des merveilles de la vie au spectacle de la mort. Le plus terrible, voyez-vous, c'était, ajoutée aux effluves d'acide carbonique et de soufre, l'odeur putride des cadavres. Celle des hommes et des chevaux. La guerre puait.

En guise d'avertissement, et avant de partir à l'assaut de Craonne, via Vieil-Arcy et Pagnan, on nous ordonna d'assister, avec des régiments de zouaves médusés et d'Annamites affolés, à l'exécution martiale d'un soldat qui avait tenté de déserter. On apprit ensuite que c'était l'ordinaire du théâtre aux armées, où il n'y a jamais d'entracte et où le rouge des rideaux est celui du sang.

Jean et moi fûmes versés à la 12e compagnie du 57e régiment d'infanterie, surnommé « le Terrible », et sous les ordres du capitaine Bordes dont le père avait siégé, avec votre époux, à l'aile gauche du conseil municipal de Bordeaux. Jean y voyait un signe généreux du destin. Il se sentait moins seul, presque en famille. D'ailleurs, notre capitaine le proposa tout de suite pour le grade de sous-lieutenant. Je crois bien qu'il vous l'a écrit, car il vous écrivait chaque fois qu'on avait un peu de répit. Tapi à l'entrée de notre gourbi, je lui offrais mon dos qui lui tenait lieu d'écritoire. Lorsqu'il me lançait : « Sois gentil, fais le bossu », je savais qu'il avait un irrépressible besoin de s'adresser à vous. Et je sentais, entre mes omoplates, le dessin appliqué des « Ma maman chérie, je t'embrasse de tout mon cœur » et des « Mille baisers de ton fils ». Il vous aimait éperdument. Cela tenait de la dévotion. Je vous avoue qu'il m'est arrivé de trouver excessif cet attachement viscéral et de lui conseiller, à son âge, de « couper le cordon ombilical ». Il haussait alors les épaules.

J'épiais son visage soudain puéril lorsqu'il recevait des mains du vaguemestre l'un de vos précieux colis, d'où il sortait précautionneusement des tablettes de chocolat, du sucre, des cigarettes, des gants, un cache-nez, une peau de bique, un gilet en peau de lapin, un manteau en caoutchouc, un macfarlane, des chaussettes de laine, un couteau, un sifflet, une torche électrique, des lunettes de chasse — quatre dioptries gauche, cinq droite —, du papier ou des crayons. Pour lui, c'était Noël à l'automne. On aurait pensé qu'il avait dix ans, mon camarade emboucané. Afin de vous exprimer sa gratitude, il consacrait ses heures de repos à transformer des douilles de 75 en vases à fleurs, des ceintures de cuivre en coupe-papiers et des fusées d'obus en bijoux qu'il comptait vous offrir lors d'une permission. « Finalement, me disait-il en riant, c'est étrange, la guerre ne m'a pas fait grandir, elle m'a ramené à l'état d'enfance. À Paris, avant de m'engager, je pratiquais une forme de cynisme, je devenais un homme comme les autres, à la fois désabusé et ironique. J'écrivais des textes secs, je me méfiais de ma tendresse naturelle, j'avais peur qu'on me juge trop candide, trop sentimental. Je croyais que, pour mériter le titre d'écrivain, il convient d'être un peu méprisant et cassant, il ne faut surtout pas céder à la nostalgie, il ne faut pas montrer son amour filial. Et voici que, grâce à la guerre, tu m'entends ?, grâce à la guerre, je fabrique des cadeaux pour ma mère comme, autrefois, dans mon école bordelaise, je lui confectionnais des colliers de nouilles ou des santons en pâte à modeler pour la crèche. »

Un soir, j'ai trouvé dans la poche de ma vareuse une feuille de papier arrachée à son carnet, qu'il avait glissée pendant que je m'étais assoupi. « Si je meurs, fais dire à ma mère que ma dernière pensée aura été pour elle. » À partir de cet instant, j'ai cessé d'ironiser bêtement sur ses sentiments à votre égard. Une pensée noire — pardonnez-moi, madame — a même traversé mon esprit : et s'il se sacrifiait pour vous, et s'il s'offrait à la mitraille pour que vous soyez fière de lui, et s'il vous faisait don de sa vie ?

Notre boyau, creusé dans le calcaire, situé tout près du bois des Baules — « on se croirait, disait-il, dans un roman de Fenimore Cooper » —, se trouvait à quelques centaines de mètres de celui des Prussiens, d'où jaillissaient, lorsque la nuit tombait, des airs d'accordéon, des cantiques et même parfois des pommes de terre, des paquets de cigarettes ou des plaques de chocolat. Pendant plusieurs jours, un grand Allemand privé de tête domina de son ombre notre tranchée. Chaque jour, on en sortait pour attaquer l'ennemi, et chaque jour on revenait moins nombreux dans notre ressui fangeux, laissant sur le champ de bataille, au fond des fosses grasses et glissantes où fumaient les shrapnells, nos camarades déchirés, parfois coupés en morceaux, le visage d'un côté, les jambes de l'autre et le cœur au milieu. À peine avait-on eu le temps de faire connaissance qu'ils avaient déjà disparu. On en venait, c'est dire, à rêver d'une balle perdue, à offrir nos poitrails aux batteries allemandes. Car, au moins, les balles font des blessures nettes et propres. Alors que les obus transforment les corps en bouillies infâmes, mutilent atrocement, éventrent, décapitent et laissent monter dans l'air chargé de poudre d'irrépressibles, inextinguibles, insupportables plaintes. Elles ne cessaient qu'avec la naissance de l'aube.

Jean se demandait si, après une telle guerre, il resterait de l'acier dans cette terre lacérée qui pleurait, et si elle reverdirait un jour. Je le vois encore sortir une carte d'état-major au 1/20 000e de notre secteur, Verneuil, pour épeler un à un les noms des villages rasés, des fermes détruites, des chapelles oubliées de Dieu, des forêts brûlées, des châteaux canonnés, du canal asséché, de tous les lieux-dits retournés à ce grand silence d'avant ou d'après l'humanité : Soupir, Saint-Pierre, Vendresse, Vieil-Arcy, La Bovette, Croix-sans-Tête, Le Bois Brouzé, La ferme du Metz, Courtonne, Beaulne, La Villeau-Bois, Le Tordoir, Les Boules, Chivy, Le Moulin Brûlé, qu'il semblait vouloir apprendre par cœur de crainte qu'on les oublie à jamais.

Il était d'un courage incroyable. Contrairement à moi, il n'éprouvait aucun remords à tuer des « salauds », à saigner un « cochon de Boche » à la carotide, à avoir des morts sur la conscience, fussent-ils des gamins qui s'étaient engagés sans avoir eu le temps de recevoir une instruction militaire et qui se jetaient dans le feu comme des chiens fous. Il répétait qu'il faisait son boulot, pour la victoire dont il était certain, et disait déjà entendre le Te Deum ! Jamais je ne l'ai vu douter ni baisser les bras. C'est lui, au contraire, qui nous redonnait de l'espoir et de la force. Il était bien le seul à pratiquer encore l'humour, à dire de notre chambre à coucher qu'elle ne manquait pas d'air et de nos rations qu'elles avaient un délicieux parfum de cuivre, ou à juger que l'avantage des mains noires de saleté, c'est qu'elles dissuadent de se ronger les ongles. Je l'entends encore claironner : « Mon goût pour l'exceptionnel ainsi que l'élasticité de ma bonne humeur me rendent de grands services. Il ne nous appartient pas de pleurer. Nous devons tous rester gais et confiants jusqu'au jour où le pays n'aura plus besoin que nous nous oubliions joyeusement pour lui. Alors seulement nous pourrons regarder en arrière, compter les absents et les regretter. » Je ne sais pas où ni comment il allait chercher, au plus profond de lui, une telle rage de vaincre. De nous tous, il était le premier à planter de petites croix de branchages sur les tombes provisoires des nôtres et le dernier à se replier. Combien de fois l'ai-je vu porter en plein jour sur ses épaules un camarade blessé et franchir, méthodique, précautionneux, les lignes de herses et de barbelés, ou enjamber la nuit les chevaux de frise sous les fusées éclairantes comme s'il se jouait du danger. De retour dans la tranchée, sans se départir de son élégance naturelle, il lançait à la cantonade : « Aujourd'hui, les Boches nous ont donné du fil à retordre. » Le 9 novembre, toujours sur mon dos, il écrivit à sa petite filleule : « Si je reviens cul-de-jatte de la guerre, je compte sur toi, mon bébé, pour me tirer dans ta voiture avec une ficelle. » Le lendemain, 10 novembre, il fut cité à l'ordre du régiment pour actes de bravoure. Oui, Jean m'épatait vraiment.

La mort au combat, près de Craonne, de votre neveu, son cousin Louis Malan, ajouta soudain de la colère à son cran, comme s'il avait voulu désormais le venger. Le soir où il l'apprit, il me confia : « Il ne faut pas pleurer ceux qui, à vingt-quatre ans, se font tuer au feu. Leur vie a été belle et leur destinée complète. » Comme ses paroles résonnent en moi, aujourd'hui.

Au physique, il s'était ensauvagé en quelques semaines. C'était un vrai poilu. Il avait laissé pousser sa barbe, ne mangeait plus qu'avec ses doigts, même la graisse de cochon, prétendait que les croûtes de crasse le protégeaient du froid et que la myopie lui épargnait le spectacle d'un supplice collectif. Il s'était accommodé de la compagnie des rats et des poux. Je le voyais s'installer dans la guerre aussi naturellement qu'on s'habitue à la paix, au point d'oublier d'en mesurer le prix. Il n'avait aucun pressentiment du pire — du moins ne m'a-t-il jamais fait part de ses inquiétudes. Au début, il me disait : « On est là jusqu'à Noël. » Ensuite : « On est là jusqu'à l'année prochaine. » Et enfin : « Si les Boches continuent d'être si bien organisés et si résistants, on est loin de la quille, crois-moi. »

Il voulait croire, sans doute pour ne pas broyer trop de noir et se donner du cœur à l'ouvrage, que la guerre n'était rien d'autre qu'une circumnavigation, mais dans sa version souterraine. Lui qui aimait tant les bateaux, la haute mer et les sillages d'écume s'imaginait embarqué sur un brick pour un long voyage dont le retour n'était pas assuré. Il avait cessé d'être un soldat qui tenait sa baïonnette vers l'ennemi, il devenait un gabier hissant vent debout le cacatois. Quand, le 18 ou le 19 novembre, je ne sais plus, notre lieutenant, qui faisait office de capitaine, fut tué à l'arme blanche par un Bavarois enragé et qu'on ramena, à la nuit tombée, son corps dans la tranchée, il demanda au sergent-major à pouvoir le veiller avant qu'il fût transporté à l'aube, et enterré à l'écart des combats. Je lui proposai de rester à ses côtés. On alluma des bougies autour du lit de camp et du visage encore hébété de notre chef. Jean psalmodia de chuchotantes et protestantes prières. Les heures passèrent, je somnolais sur mon tabouret quand j'entendis Jean prononcer exactement ces mots : « C'est pas sur cette paillasse, mais dans un tonneau de gnôle qu'on aurait dû mettre notre lieutenant. » Je lui demandai s'il allait bien, d'où lui venait cette idée saugrenue. Il sourit et, sans quitter du regard le profil parcheminé du mort, me récita presque par cœur la nouvelle qu'il avait écrite pour un journal juste avant de partir pour la caserne de Libourne. Elle s'intitulait *Les Matelots de la* Belle-Julie.

C'était, sur une drôle de corvette, un drôle d'équipage, toujours prompt à en découdre avec les Anglais, pourvu qu'il eût, en guise de remontant, sa dose d'alcool fort. Chaque victoire était prétexte à de gigantesques saouleries où les officiers, les mousses, les canonniers et l'aumônier fraternisaient — même la perruche verte du timonier réclamait son verre et, après l'avoir sifflé, criait en battant des ailes : « Chiens d'Anglais, qu'on leur brûle la gueule ! » De tous ces gais lurons, le gosier le plus en pente était sans conteste celui du commandant Bartus, un Bayonnais si souvent gris qu'il jugeait la terre beaucoup plus mouvante que la mer. Alors que son bateau affrontait une tempête dans la mer des Sargasses, la vergue d'artimon se brisa net et lui coupa le crâne en deux. L'équipage aimait trop son capitaine pour confier sa dépouille, comme le veut la tradition, à la mer déchaînée. Il la plongea dans un fût d'eau-de-vie, ce qui était une manière de la conserver et de placer le défunt dans ce qui fut, avec l'océan, son élément le plus naturel. Un mort dans l'eau-de-vie, ça avait de l'allure. Pavillon en berne, la *Belle-Julie* reprit alors sa route vers les côtes de France. Mais le vent vint à faiblir et le navire cabota des jours entiers sur une mer d'huile. Pour tromper l'ennui, les marins firent un sort aux dernières réserves d'alcool. Lorsqu'ils eurent vidé l'ultime bouteille de vin des îles, ils descendirent en procession dans la cale obscure, un gobelet dans une main, un vilebrequin dans l'autre, afin d'aller boire au tonneau du commandant. Ils trouvèrent même à cette précieuse liqueur un supplément d'âme. Le jour gris où, enfin, la *Belle-Julie* accosta à un quai normand, le fût contenait toujours le cadavre, mais il n'y avait plus une goutte d'eau-de-vie. Longtemps les matelots gardèrent le souvenir tourbillonnant de cette traversée éthylique et funèbre. Embarqués sur de nouveaux navires, ils firent escale dans des ports où on leur vanta un bel armagnac, un vieux whisky, une lumineuse absinthe, un grand rhum ou une redoutable vodka, et à ceux qui guettaient leur verdict, chaque fois ils répondirent : « Faites excuse, sauf votre respect, ça ne vaut pas la cuvée du commandant Bartus. »

— C'est une histoire vraie ? demandai-je à Jean.

— Non, je l'ai inventée, mais je suis certain qu'elle

aurait pu se produire. Les marins ne raisonnent pas comme nous. Ils ont moins de scrupules et plus d'audace. Sans compter qu'ils tiennent mieux l'alcool. Et puis, ils n'ont pas peur de la mort, eux. C'est leur compagne quotidienne. Si on avait mis notre lieutenant dans un tonneau de cognac, crois bien que je l'aurais bu à petites lampées.

— Tu exagères.

— Pas plus qu'un matelot de la *Belle-Julie*. J'espère que je sortirai vivant de ce bourbier. C'est en mer et nulle part ailleurs que je voudrais disparaître...

Au petit matin, deux brancardiers vinrent chercher le corps de notre lieutenant. On rejoignit notre poste au moment où le jour se levait. La mitraille n'avait pas encore repris. Au loin, derrière les barbelés, la ligne d'horizon était d'un bleu atlantique.

— Tu sens comme l'air est iodé ? Respire, mon Louis, respire...

Peu de temps avant la mort de Jean, notre bataillon fut parqué, pour un jour et une nuit, dans une église en ruine. Lorsque nous y sommes entrés, des soldats en guenilles du 294e, mêlés à des Sénégalais déchaussés, entonnaient le cantique : « Dieu de clémence, Ô Dieu vainqueur, Sauvez, sauvez la France, Au nom du Sacré-Cœur ! » Nous avons dormi au milieu des morceaux bleus, jaunes et rouges des vitraux explosés et sous une voûte percée par où dévalait une bise blanche. Il gelait à pierre fendre. Des choucas s'étaient réfugiés dans les chapelles parallèles. Postés sur les autels et les ciboires renversés, ils craillaient en nous regardant fixement, comme s'ils étaient impatients de nous déchiqueter. C'est la seule fois où j'ai vu Jean prier, les mains jointes dans la barbe, les yeux tournés vers le ciel, les lèvres gercées murmurant le Pater noster. Au loin, le canon tonnait. Lorsqu'il s'aperçut que je l'observais, il me fit un inoubliable sourire triste.

— Tu connais, mon Louis, le refrain de la ballade que Villon écrivit pour sa mère ?

— Non.

— « En cette foy je veux vivre et mourir. » C'est ce que je viens de confier à Dieu.

Le 27 novembre au soir, le froid était tel que l'affreux remugle de la charogne avait disparu. Ce froid, dont Jean me disait qu'au moins c'était un ennemi « franc » parce qu'on pouvait lutter contre lui, à armes égales. Accroupi devant un petit brasero autour duquel rôdaient de gros rats, il me récita l'un de ses poèmes, qui s'intitule *L'Horizon chimérique*, et dont je me rappelle très bien les premiers vers :

Je suis né dans un port et depuis mon enfance
J'ai vu passer par là des pays bien divers.
Attentif à la brise et toujours en partance,
Mon cœur n'a jamais pris le chemin de la mer...

Je lui ai dit que je les trouvais beaux. Au fond de notre trou, dans la lumière de la chandelle, il a souri tristement. En toussant, il m'a répondu que la beauté ne l'intéressait pas, seuls comptaient pour lui la fidélité aux parfums, aux couleurs d'autrefois et qu'on pût même sentir, entre les lignes, la délicate tiédeur du vent. Pour se réconforter et me donner de l'espoir, il me décrivit ses longues vacances d'autrefois sur la plage de Royan, dans la baie d'Arcachon, sur la côte basque ou encore dans le parc boisé et odoriférant d'un mystérieux château périgourdin.

Le lendemain, pendant toute la journée ensoleillée du 28 novembre, avec une dizaine de ses hommes, il a attendu la relève, qui devait avoir lieu à trois heures de l'après-midi, sous une tornade tropicale de feu brûlant. Lorsqu'un sous-lieutenant s'est présenté, il a refusé de céder sa place. « Je reste », a-t-il dit d'une voix sèche qui était sans appel. « Les Boches semblent vouloir attaquer et je ne peux pas leur lâcher le morceau. » J'étais à quelques mètres de lui, et je l'ai engueulé : « Fais pas ton mauvais caractère, Jean, tu as besoin de repos, obéis ! » Mais il n'a pas bronché et il est resté, musette au flanc, accroché à son fusil, sans que je comprenne pourquoi il s'obstinait si fort à veiller encore, alors que son tour était passé et que l'obscurité commençait de tomber sur le Chemin des Dames.

Je suis retourné à l'autre bout de la tranchée et j'ai entendu, dans mon dos, une énorme explosion qui m'a jeté face la première dans la boue. On aurait dit une soufflerie d'orgue descendue d'un ciel sans dieu. J'ai compris aussitôt. L'obus, un Minenwerfer, était tombé droit sur Jean, comme si, dans sa trajectoire assassine, il ne visait que lui, et l'avait désigné, comme s'il m'avait frôlé sans me voir et m'avait méprisé. J'ai couru vers le monticule informe d'où montait une épaisse fumée ocre. Avec des pelles et des pioches, on a creusé, fouillé, retourné la terre, indifférents aux tirs allemands, qui avaient redoublé. Et on a arraché le corps de Jean au bourbier. On s'attendait à le trouver broyé. Or, il était entier et, le croirez-vous, debout. Enseveli sous des mètres d'argile, il était figé dans sa dernière attitude à la manière des habitants de Pompéi, saisis dans leur activité quotidienne par la lave incandescente du Vésuve : le buste droit, la tête levée, les yeux ouverts, la baïonnette au canon et la musette au flanc, il s'apprêtait à bondir pour se battre. Il était comme empêché. C'est une vision qui, depuis, me hante chaque nuit. Un gisant en action, oui, c'est ça.

Je le crus mort. Il respirait faiblement. Nous l'avons couché sur une civière et porté à l'infirmerie. Le chirurgien a constaté que sa colonne vertébrale avait été brisée net. Le capitaine Bordes arriva, lui prit la main, le consola et baisa son front boueux avec une douceur de prêtre. Il lui promit la croix de guerre et son étoile d'argent. Avant de sombrer dans le coma, Jean sourit et murmura : « Maman, maman... »

Voilà, je crois que je n'ai rien oublié.

J'ai entrepris de fonder une religion nouvelle, avec l'aide de Dieu, bien entendu.

Mon ami le prophète,
Contes.

Jean était-il croyant? Je ne l'ai jamais su. S'il me parlait volontiers de son éducation calviniste, c'était davantage pour en rappeler la rigueur, les impératifs catégoriques et l'austère morale que pour évoquer ses relations avec Dieu. Il n'aimait pas le mêler à nos conversations, même les plus intimes. Tout juste m'avait-il avoué un jour son étonnement que notre régiment comptât un prêtre, mais qu'il n'y eût pas de pasteur. Et pourtant, dans sa manière imperturbable et un peu hautaine d'aller au feu, dans son empressement à porter assistance aux blessés, à leur prendre paternellement la main, dans ses folles hardiesses de croisé, dans sa faculté de se recueillir après la bataille, dans son obstination à fixer et interroger le ciel au lever du soleil, je ne pouvais m'empêcher de penser qu'il avait, sinon la foi, du moins la certitude qu'il y aurait, pour lui, pour nous tous, mécréants compris, une vie après la vie, un repos après la géhenne. Et que l'on se retrouverait.

Deauville, février 1915

Avec mon fusil Lebel, mes cent cinquante cartouches, mes deux grenades à manche et mon long couteau de tranchée, je suis remonté au casse-pipe le 2 janvier 1915. Le front était bas. Dans les champs retournés, on pouvait reconstituer les phases des dernières batailles d'après l'attitude estomaquée des morts. Certains étaient agenouillés dans la position du tirailleur; d'autres, qui avaient chargé à la baïonnette, penchaient en avant; d'autres encore avaient été tués, le bras tendu, à l'instant de lancer une grenade. Tous étaient recouverts d'une épaisse glaise grisâtre, séchée tel du plâtre, que leur bouche ouverte avait avalée.

En une semaine, nos positions n'avaient pas changé. Il me semblait seulement que le paysage était devenu plus lunaire, les dépôts de douilles plus volumineux et, sur le plateau de Californie, le tapis de cadavres plus élastique — le Boche faisait ressort. D'ailleurs, on marchait dessus sans scrupule.

Ce que j'avais perdu en effroi, je l'avais gagné en indifférence. Pour nous étourdir davantage avant les assauts, les rations de gnôle avaient été doublées. Nous allions désormais à l'abattoir dans un état second. Ce que sans doute les embusqués de l'arrière appellent l'ivresse du combat.

On s'enlisait lentement dans une guerre médiévale, mais sans cuirasses. On avait déjà cessé de compter nos morts, ils étaient trop nombreux. Moi, je ne pensais qu'à Jean. Sans cesse la nature sinistrée me parlait de lui. Quand il voyait venir de gros nuages noirs au-dessus des tranchées, il imaginait qu'ils « se réunissaient en concile tragique ». Si le froid était humide, il trouvait que le temps était « sans courage dans ses convictions et sans héroïsme dans sa laideur ». Et lorsque de rares hirondelles traversaient un ciel de cendre, il disait : « Elles sont trop sentimentales, échappées d'une romance passée de mode. » Gentil Jean, merveilleux Jean. Il me manquait à un point que je ne saurais dire. Il me semblait avoir perdu, avec lui, les raisons de me battre, pour autant qu'il y en avait. Simplement, je lui survivais en attendant mon heure. Je guettais la balle qui me traverserait, j'attendais le seau à charbon qui me déchirerait ou le feu des batteries de la Croix-sans-Tête qui m'enverrait ad patres. J'étais presque consentant.

Le 18 février, par ordre du général de division qui voulait obtenir des renseignements sur les unités allemandes, huit d'entre nous, trois appartenant au 57e et cinq au 144e, furent désignés pour mener une opération éclair dans la tranchée ennemie, voisine du bois du Tordoir. Le masque à gaz en bandoulière, nous partîmes, chacun d'entre nous portant un fusil, une demi-douzaine de grenades et une paire de cisailles. Nous étions soutenus dans notre avancée par l'artillerie de 75, deux pièces de 80 de montagne et une batterie de 155 qui tiraient sans répit sur notre objectif. Nous imaginions qu'elles décimeraient les Boches, anéantiraient leurs Minenwerfer et qu'on prendrait, sans coup férir, un boyau détruit. Or, au moment où nous nous en approchions, notre petit groupe fut reçu par une fusillade nourrie. Contrairement à nos prévisions, l'ennemi était intact. Nos canons l'avaient raté. Deux de nos hommes furent tués; un autre, prisonnier des fils de fer, grimaçant comme Quasimodo, fit le mort jusqu'à la nuit, dans une position grotesque; et nous nous repliâmes à cinq en courant le plus vite possible. C'est alors que je fus atteint par une grenade qu'un Allemand avait lancée depuis la partie ouest du bois. La douleur fut atroce. Je tombai face contre terre. J'avais enfin cessé de vivre. Après, je ne me souviens plus de rien.

On m'a raconté ensuite qu'on m'avait ramené, inerte, jusqu'à l'infirmerie, où le prêtre du régiment me donna l'extrême-onction, et puis évacué vers l'arrière sans que j'eusse recouvré mes esprits. Je me réveillai dans un hôpital de campagne rempli de gueules cassées, d'amputés gémissant et d'agonisants énucléés qui blasphémaient à tue-tête. On m'avait opéré des deux jambes. Elles étaient bandées avec du gros drap maculé de taches brunes. Je ne les sentais plus. La morphine me faisait somnoler. Je replongeai dans un état comateux qui me sembla durer des siècles.

Lorsque je revins à moi, dans une odeur de sang, d'opium et d'eau de Javel, je crus un instant que j'avais atteint les rives de l'autre monde. J'étais allongé dans un lit propre, sous un grand lustre vénitien, et, par une large baie vitrée, je voyais au loin la mer, d'un bleu sombre qui tirait sur le vert bouteille. Le soleil était haut. Des bataillons de mouettes se posaient sur le sable blond. L'ombre chinoise d'un cheval au galop glissa au loin. Je ne comprenais rien à ce spectacle irréel. Enfermées dans des coquilles en bois, mes jambes, qui me faisaient souffrir, me rappelèrent soudain que j'étais vivant. J'ignorais comment j'avais pu donc passer de l'horrifique Chemin des Dames à cette longue plage silencieuse, qui m'avait conduit si vite de l'enfer au paradis.

Je restai longtemps prostré, et puis je tirai sur une sonnette. Une sœur franciscaine apparut. Elle souriait.

— Enfin, vous vous réveillez ! Cela fait trois jours que vous dormez.

— Où suis-je, ma sœur ?

— Au Casino de Deauville, sur la côte normande.

— Au Casino ?

— Oui, dans une salle où, il y a quelques mois encore, on jouait au baccara, à l'écarté, au whist, au bésigue et au piquet. En août dernier, le Casino est devenu l'hôpital complémentaire numéro 38. Il est dirigé par le médecin major Brochard, qui va passer vous voir. Nous disposons même d'un service de radiographie, qui a été installé dans la salle de billard. Des pièces ont été stérilisées pour éviter que la gangrène ne se propage. Les salles de réception sont désormais des salles d'opération, où le professeur Cunéo, un saint homme, vous verrez, fait des miracles en réalisant des greffes et des transplantations de tissus. Chaque jour, arrivent à la gare des convois de grands blessés comme vous. Ils sont dirigés vers le casino de Trouville, qui porte le numéro 30, l'hôtel Royal, le 31, l'orphelinat Saint-Joseph, le 16, ou alors vers celui-ci.

Fronçant les sourcils derrière ses lunettes rondes, la sœur vérifia ma perfusion, pinça les lèvres et me donna un cachet avec un verre d'eau.

— Et mes jambes ?

— Oh, vous ne courrez plus, mais vous remarcherez. Avec des béquilles. Les Allemands ne vous ont pas raté. C'est fini, la guerre, pour vous. Votre convalescence sera lente. Soyez patient. Et priez, priez, même si vous ne croyez pas.

— Je vais rester ici ?

— Oui, du moins dans l'immédiat. On va prendre soin de vous. Vous finirez par oublier. La nuit, vous appelez toujours la même personne, un certain Jean. Qui est-ce ?

— Un poète, un ami, un garçon de mon régiment, qui est mort sous mes yeux, sur le front de Verneuil. Il n'a pas eu ma chance.

Des pièces voisines montait une rumeur rassurante de grand magasin à la période des fêtes. Aux nombreuses voix de femmes — je n'en avais pas entendu depuis si longtemps que même les plus autoritaires me berçaient — se mêlaient des cliquetis de fourchettes ou d'instruments chirurgicaux, des bruits mats de béquilles, des sifflements de roues sur le carrelage et, tombés du ciel, des pleurs rauques de goélands.

Si je n'étais pas mort, je n'étais pas pressé de revenir à la vie. J'avais l'impression étrange de séjourner dans les limbes. Les médecins du Casino m'eussent-ils autorisé à regagner Paris sur une civière ou dans une chaise roulante que j'aurais décliné leur proposition.

La seule idée d'écrire une lettre à mes parents ou à Constance pour les rassurer sur mon état de santé, leur dire où je me trouvais et leur annoncer que plus jamais je ne retournerais au front me demandait un effort dont je n'étais pas capable. Je m'installai dans une lente et longue convalescence. Je n'avais plus de désirs, je n'avais que des regrets —

tous me ramenaient à Jean dans la plénitude de sa jeunesse, dans la lumière éclatante de sa poésie. Il m'arrivait d'imaginer que je dérobais la nuit, dans la pharmacie du Casino, la fiole dont je ferais usage si tout espoir de renaître devait vraiment disparaître. Parmi toutes les hypothèses, rejoindre Jean n'était pas la moins raisonnable.

Quand je resonge encore aux nuits de Malaisie,
Je pardonne à ton cœur ardent qui me brava,
Car pourrais-je oublier de quelle fantaisie
Tu grisas mon ennui sous le ciel de Java.

L'Horizon chimérique

Pourquoi n'ai-je pas eu l'envie de voyager? Ce désir qui n'a jamais quitté mon ami, je n'en ai jamais connu la fièvre. Il est vrai que, contrairement à lui, je ne suis pas né dans un port, d'où part l'écumante et infinie route des steamers. Je n'en veux même pas à la guerre, j'étais casanier bien avant qu'elle n'éclatât. Très tôt, les livres ont suffi à ma faible curiosité pour les pays lointains. J'avais la conviction que je les découvrirais mieux, et sans la crainte d'être déçu, dans les gros romans d'aventures que sur le pont d'un bateau. Les écrivains étaient mes capitaines au long cours; ils me laissaient libre d'imaginer les contrées vers lesquelles ils me conduisaient ; ils ne bousculaient pas ma paresse. En somme, je me suis contenté de ma vie alors que Jean n'en aurait pas eu assez de mille pour réaliser tous les tours du monde auxquels il s'était secrètement préparé. De nous deux, ce n'est pas lui qui aurait dû mourir si jeune.

Deauville, Pâques 1915

Désormais, Hélène ma belle visiteuse, vient chaque jour me voir à quatorze heures. Elle est toujours très ponctuelle. Je sens son parfum boisé avant même qu'elle ait pénétré dans ma chambre. Précédée par son essence, elle est suivie par la rumeur du jour, car elle ne manque jamais de m'apporter des cancans du bourg, des livres récents, dont je caresse la reliure avec nostalgie, et *Le Réveil de Deauville-Trouville*, où l'on vante le courage dont font preuve, à quatre cents kilomètres vers l'est, les bataillons normands, et où l'on apprend que, à Paris, le préfet de police a interdit le commerce de la divination et son cortège de prédictions mensongères : trop de cartomanciennes ont annoncé en effet le retour de soldats disparus et la guérison des agonisants.

Au début, Hélène se donnait bonne conscience en faisant son devoir. En compagnie d'autres élégantes de Deauville, également réquisitionnées pour l'accompagnement des blessés depuis la gare et pour les travaux de couture exécutés dans un ouvroir de fortune à l'entrée du Casino, elle s'y rendait avec le même entrain qu'à la messe. Elle avait ses soldats comme on a ses pauvres. Elle distribuait de lit en lit des chocolats Debauve et Gallais assortis d'encouragements sucrés et d'un sourire compassionnel. Avec elle passait un courant d'air frais et musqué. Mais il a suffi, un jour, que je lui parle de Jean, lui récite un poème de *L'Horizon chimérique*, lui raconte les tristes *Dimanches de Jean Dézert* pour qu'elle s'attache soudain à moi.

Sous ses airs un peu hautains, elle cache un romantisme de jeune fille que le spectacle de la jeunesse fauchée fait vibrer. Sa vie morne réclame du lyrisme. Ses privilèges s'offrent de la mélancolie. Sans retirer son chapeau, elle se dépêche de sacrifier au protocole de la tournée des malades et, enlevant alors son écharpe de cachemire grège, s'assied près de mon lit. Quand j'ai recommencé à marcher avec des béquilles, elle a pris le temps de m'accompagner d'abord jusqu'à la terrasse en demi-cercle, ensuite jusqu'aux planches, le long de la plage. Elle tient à faire savoir aux siens qu'elle est ma protectrice. Elle se vante.

Hélène est folle de littérature. Elle a d'ailleurs épousé Jean Fontaine, l'éditeur de René Boylesve et de Georges de Porto-Riche, qui la fournit en nouveautés et ne vient que le week-end à Deauville, où elle s'est installée, avec leurs deux enfants, depuis le début de la guerre. Elle habite *La Caravelle*, une villa baroque que ses parents ont fait construire sur le front de mer, pas loin du Casino. C'est une bâtisse un peu ridicule, tout en balconnets inutiles, frises de terre cuite émaillée, encorbellements chargés de géraniums-lierres, échauguettes et tourelles de style médiéval, galeries plus ou moins inspirées de la Renaissance italienne avec, ici et là, de prétentieux emprunts aux architectures flamande et gothique. La première fois où elle me la montra de l'extérieur, je ne pus me retenir de sourire. En guise d'explication, elle m'avoua que son père, enrichi par l'uranium, avait réalisé sur le tard son rêve théâtral d'être, face à la Manche, un châtelain d'Occident. Dans *Le Bottin mondain*, il avait augmenté son domicile d'Auteuil du « domaine de *La Caravelle* (Calvados) ». Soit une pelouse tondue ras de deux mille mètres carrés, dont le gazon avait été importé de l'île de Wight, plantée d'un maigre résineux aux branches antipathiques, d'hortensias mauves et de boules de buis taillées comme à Chambord. Pour qui avait réchappé du Chemin des Dames, c'était très dépaysant.

Chaque après-midi, au prétexte d'éloigner les idées noires qui me taraudent, Hélène me raconte ce que fut Deauville avant la guerre. Elle ne comprend pas pourquoi la fête a tourné si vite au cauchemar, comment les hôtels Normandy et Royal, inaugurés il y a deux ans, sont devenus aussitôt des hôpitaux militaires. « Pouvez-vous imaginer, me dit-elle, que l'été dernier, sur les marches de ce Casino, un lieutenant du 28ᵉ dragons de Sedan, joli garçon au demeurant, a reçu une coupe de Sèvres et une paire de candélabres Louis-XVI après avoir remporté, à cheval, le raid Paris-Rouen-Deauville ? » Non, je n'imaginais pas, et cela m'était totalement indifférent.

Il faisait si chaud, l'été de 1914. Hélène était intarissable sur l'éclat de la station balnéaire, que le syndicat d'initiative avait surnommée « le faubourg Saint-Germain de la capitale ». Gabrielle Chanel tenait encore boutique rue Gontaut-Biron, où quatre musiciens noirs jouaient du banjo toute la journée. La mode imposait alors le jaune serin et le rouge homard. Les femmes portaient des chapeaux à plumes d'autruche pour se rendre à l'hippodrome de la Touques, applaudir des concours hippiques dans les jardins du Royal ou admirer le décollage, sur l'eau, des hydroplanes. Partout, on parlait anglais, espagnol, russe, et allemand. Dans le théâtre du Casino, où se donnaient *Madame Butterfly* et *La Bohème*, on croisait Jean Cocteau, Guillaume Apollinaire, Mistinguett, Maurice Chevalier, l'aéronaute brésilien Santos-Dumont, le maharaja de Kapurthala et le chocolatier Meunier, dont le yacht *L'Ariane* mouillait dans le port voisin de Trouville.

Hélène met une troublante exaltation à me décrire ce monde déjà disparu, et qui ne reviendra jamais.

Elle a le souci permanent de me divertir et croit sincèrement que l'évocation d'un bal splendide du Sporting Club, le récit d'une séance homérique de tir au pigeon ou d'un match de polo présidé par le baron de Rothschild me feront oublier la boucherie d'où je sors, et dont elle ne pourrait jamais deviner la saleté, la cruauté. Elle est touchante de naïveté. Elle pense que les plaies se soignent et qu'il suffit de claquer les morts pour qu'ils reviennent.

Elle a beaucoup d'admiration pour Isadora Duncan, la danseuse aux pieds nus, qui est également infirmière au Casino et qu'elle veut à tout prix me présenter : « Vous devriez vous entendre. Elle aussi a survécu au pire. » Il paraît que ses deux jeunes enfants se sont noyés en avril 1913 dans la Seine où la voiture qui les transportait est tombée. Pour surmonter ce drame, la plus grecque des Américaines fut l'une des premières à se présenter au médecin-chef, qui lui a remis officiellement la tenue blanche de la Croix-Rouge. Plus seule encore après que son compagnon, le poète russe Sergueï Essenine, l'a quittée, elle consacre ses jours et ses nuits à soigner les malades, leur prodiguer des paroles de réconfort, leur promettre que le bonheur reviendra et qu'ils reverront bientôt leurs « chers enfants ». On prétend qu'elle part du Casino à l'aube pour aller danser sur la plage, à marée basse.

Parfois, Hélène me raconte ses lectures. Elle a été émue par le premier et dernier roman d'un garçon de vingt-huit ans, « un de vos camarades », ajoute-t-elle, qui a été porté disparu à l'ennemi, le 22 septembre 1914, aux Éparges, près de Verdun : *Le Grand Meaulnes*, d'Alain-Fournier. En revanche, elle a moins goûté, de Maurice Barrès, *La Colline inspirée*, dont les débats théologiques lui paraissent bien obscurs, mais elle a insisté pour m'en faire cadeau. Hélène lit beaucoup, surtout des romans. Elle y trouve des aventures, des accidents, des passions et de jeunes héros qui la dédommagent de sa vie droite tracée au cordeau et lui font oublier l'éloignement progressif de son mari, qui, à l'en croire, prendrait en même temps du ventre et des maîtresses.

Elle est brune, avec des yeux bleu clair. Un visage italien où l'on devine sans mal l'exquise jeune fille qu'elle a été. Elle doit avoir une quarantaine d'années. Trop jeune pour être ma mère, elle prend pourtant soin de moi comme d'un grand enfant qui aurait contracté la tuberculose ou fait une malheureuse chute de cheval. Chaque jour, sa présence me trouble davantage. J'épie, lorsqu'elle se penche au-dessus de mon lit, la naissance voluptueuse de ses seins piquetée de taches de rousseur et, quand elle met sa main sur la mienne, la peau blanche de son poignet très fin. Il m'arrive même de fixer ses sourcils épais et noirs afin de me représenter en rêve la broussaille de son ventre. Rêver à Hélène rend mes longues journées plus douces et mes nuits moins horrifiques. Je ne suis pas certain que je l'aurais autant désirée si je n'avais frôlé la mort, été cloué dans cet hôpital, et craint de devoir retourner un jour à la vie réelle, à Constance et à la capitale. Qu'elle soit mariée ajoute évidemment, malgré le cliché, au plaisir imaginaire de la conquérir. Jamais, cependant, je n'ai un geste déplacé, et jamais je ne fais comprendre à Hélène le trouble qu'elle m'inspire. Sauf un après-midi, un seul, dont j'ai rétrospectivement un peu honte.

Alors qu'elle me racontait avoir conversé dans ce même Casino avec M. Apollinaire, qui tenait la chronique deauvillaise du journal *Comœdia*, je ne pus me retenir de grimacer. Mes jambes me tiraient, me lançaient. Elle eut alors l'idée de me les masser avec de l'huile de sésame pour, disait-elle, « éloigner la douleur ». Elle retira les draps et enleva le pantalon de mon pyjama. Je me laissai faire comme un bébé et fermai les yeux. Avec des gestes doux et fermes à la fois, elle caressa mes pieds et ensuite mes mollets. Elle leur redonnait vie. En effet, la souffrance se déplaçait en s'atténuant. Quand ses mains remontèrent le long de mes cuisses blessées, je sentis soudain mon sexe gonfler, se durcir et se dresser. Hélène continuait à détendre mes muscles comme si de rien n'était. Je feignis de somnoler pour ne pas montrer ma gêne d'être ainsi trahi par mon désir. Que devait-elle penser de moi ? Elle me massa lentement jusqu'à l'aine. J'avais le sentiment que j'allais exploser. Et puis soudain, elle remit les draps sur moi. J'ouvris les yeux. Elle me souriait avec tendresse : « Est-ce que cela vous a fait du bien ? »

Notre promenade quotidienne suit mes progrès méthodiques et nous éloigne un peu plus du Casino. Nous allons maintenant jusqu'à la plage où les vacanciers des vacances de Pâques se mêlent aux poilus convalescents et les enfants joueurs à leurs infirmières de blanc vêtues. C'est un spectacle étonnant. Des uniformes croisent des marinières, des parasols sont plantés à côté de béquilles, des zouaves aux bras en écharpe relancent du pied des ballons égarés, des fusiliers asphyxiés au gaz moutarde respirent en riant l'air iodé, des officiers britanniques torse nu font de la gymnastique devant des mamans troublées et des fillettes en robes à fleurs construisent des châteaux de sable au milieu de solennelles remises de décorations à des invalides. Lorsque le soleil se couche sur la Manche, des prisonniers allemands vêtus de frusques et encadrés par des soldats français viennent, tête basse, nettoyer et ratisser la plage. Refusant le bras que me tend Hélène, pressée de rentrer au Casino, je reste longtemps à les regarder travailler avec une haine que rien ne peut calmer. Ils ont tué Jean, et je n'ai pas le cran de pardonner. Peut-être cela viendrait-il. « Le chemin des Planches ne doit pas faire oublier le Chemin des Dames », a titré la semaine dernière *Le Réveil de Deauville-Trouville* à la une d'un numéro qui ne quitte plus ma table de chevet.

Allons ! Faisons les fous,
car c'est notre sagesse.

L'Horizon chimérique

Finalement, et c'est sans doute le secret de notre complicité, nous voulions être des Rimbaud, mais nous n'avons jamais connu le dérèglement des sens, goûté à l'absinthe, fumé du haschich, rencontré notre Verlaine et vécu une saison en enfer. À l'exception de la guerre, nous n'avons rien osé ni risqué. À vingt ans, l'âge de ses Illuminations, *nous étions déjà rentrés dans le rang. Jean n'est parti pour l'Abyssinie que dans ses poèmes et, au lieu de vendre des armes au roi du Choa, je rédigeais, en courbant l'échine, le courrier diplomatique d'un vieil académicien. Nous avons dit adieu à nos rêves avant même de les réaliser.*

Deauville, septembre 1915

Hier, sous un ciel de serpillière sale, je suis allé jusqu'au bout des Planches. Je claudique, mais j'avance et résiste, en bombant le torse, aux bourrasques de vent. Chaque jour me rend plus vaillant. J'ai l'impression que, sans les alléger, mes progrès finissent par apprivoiser mes souffrances, par les rendre aussi familières qu'un animal domestique couché à mes pieds. Et puis le spectacle de mes camarades qui regrettent d'avoir survécu, qui préféreraient avoir disparu, me rend plus sévère avec moi-même. Comment pourrais-je me plaindre alors que certains ont perdu leur visage, d'autres leurs bras ou leurs jambes, d'autres encore la vue, l'ouïe ou l'odorat. Il y en a même à qui tout cela a été enlevé à la fois. Ils n'ont plus la force de hurler. Ils sont emmurés dans leur désespoir. Les plus chanceux sombrent dans la folie, font des trous dans le sable comme pour se protéger de la mitraille, dodelinent de la tête avec une régularité de métronome, éclatent de rire sans raison ou répondent aux cris des mouettes par des grognements de sanglier aux abois. En fait, ils n'ont pas quitté Verdun. Lorsque l'orage éclate au-dessus du mont Canisy, ils entendent toujours tonner les canons allemands et ils tremblent de tout leur corps dans l'automne normand. Ce sont de vieux enfants apeurés. Et personne pour les rassurer, sauf de jeunes infirmières plus affolées encore. Elles n'ont pas été formées à panser les traumatisés et vont chercher dans leur catéchisme des prières oblatives et sacrificielles qui grimpent en volutes, avec les gémissements des soldats, sous les ors du Casino, où Dieu fait le tri.

Quand tombe le soir, je marche sur les Planches jusqu'au moment, mon préféré, où les lumières du Havre s'allument au nord les unes après les autres. J'ai l'impression que le port attend la nuit pour vivre. C'est un grand fêtard.

En août 1912, Jean avait profité des vacances pour réaliser enfin l'un de ses rêves d'enfant : embarquer un soir à Bordeaux sur un vapeur, emprunter l'estuaire de la Gironde, longer lentement les côtes de France, Vendée, Bretagne, Cotentin, baie de Seine, et débarquer au Havre avec le lever du soleil. Il avait vingt-six ans, mais dans son cœur, c'était le garçonnet des Chartrons qui était monté sur le *Michel* en frémissant d'émotion, d'excitation, et avait franchi les passes au clair de lune. Toute la nuit, il était resté sur la passerelle avec l'officier de quart, refusant d'aller se coucher dans sa cabine. Après le phare de la Coubre, qui veillait sur l'estuaire et facilitait le contournement du banc de la Mauvaise, où gisaient des carcasses de navires échoués, l'Océan et le vent du nord s'étaient levés si fort que Jean, bringuebalé d'un bord l'autre, giflé par les embruns, ne parvenait plus à rester debout. « Au lieu du mal de mer, me disait-il, j'ai ressenti le bien de mer, une volupté extraordinaire à me sentir monter et descendre, à voir les mâts s'incliner avec des gestes incohérents de vieux pochard. » Le pont, où les barriques de térébenthine, pourtant amarrées avec des chaînes, s'écrasaient et tombaient dans une mer noire, faisait presque un angle droit avec la ligne horizontale — dans la cabine de pilotage, l'appareil enregistrait des amplitudes d'oscillations de quarante-deux degrés. Lorsque la poupe s'élevait, l'hélice s'affolait et tournait dans le vide. La coque grinçait, pleurait, s'époumonait. La tempête dura jusqu'à la pointe de Penmarch, en Bretagne. Jean était grisé, épuisé, et en extase. À la hauteur de Groix, il vit des thons sauter au-dessus des vagues comme des poissons volants et une escadrille de goélands guetter, dans le sillage du *Michel*, les épluchures et les restes des repas froids. Au large de Cherbourg, un trois-mâts dont l'artimon s'était brisé attendait d'être remorqué. Jean avait l'illusion d'être un capitaine parti à la conquête du monde. Mais l'aventure prit fin lorsque, près de Deauville, un pilote du Havre, venu avec sa petite embarcation, monta à bord pour conduire le *Michel* jusqu'à bon port. Il fut accueilli par un équipage sonné, qui ne s'était ni changé ni rasé depuis plusieurs jours. Le contraste était détonnant : « C'était un monsieur très bien avec des gants, un manteau de fourrure et des souliers vernis. »

En rentrant à Paris, et avant de retrouver le chemin de la préfecture de la Seine, Jean écrivit d'une traite un conte bref, *City of Benares*. C'est l'histoire, poignante et magnifique, d'un trois-mâts qui s'en va mourir, les vergues en croix, au large des îles de la Sonde, dans l'archipel de l'Insulinde, après que son équipage eut disparu de manière mystérieuse. Le *City of Benares* n'avait pas eu la vie qu'il méritait. Sa puissance et sa finesse le destinaient à la course ou au trafic de bois d'ébène. Au lieu de quoi, il servit les intérêts d'une maison écossaise qui importait des laines australiennes. Le destin avait fait de ce voilier prestigieux un banal navire de commerce. Avant de couler, il se laissa dériver, cherchant le vent comme un animal à l'agonie cherche un ressui. Même les requins avaient cessé de le suivre, méprisant cette épave assoupie et déboussolée.

« Après qu'il eut croisé en vue bien des terres ignorées, dont aucun livre de bord ne porte la mention, et qu'il eut traversé des océans verts, des mers bleues, violettes, grises ou blanches, le *City of Benares* conçut cette notion désolante par laquelle commence l'instruction rationnelle des enfants des hommes sur les bancs de l'école primaire. À force de tourner autour du monde, il se rendit compte de la vanité de ses recherches, et que la Terre n'est qu'une boule, légèrement aplatie — dit-on — aux pôles. Dès lors, il ne lui restait plus qu'à choisir sa mort, seul moyen de reculer les bornes d'une planète trop limitée. »

Par la fenêtre de ma chambre entrait le doux vent salé de la Manche, et trois fois de suite je relus la nouvelle de Jean comme s'il me la racontait à haute voix, comme si c'était soudain sa propre histoire, celle d'un homme sans illusions qui va se noyer lentement dans l'eau gadoueuse de Verneuil-en-Champagne et rejoindre, les yeux ouverts, un immense cimetière marin.

Nous sommes, au fond, des enfants malades
Qui faisons les fiers sans avoir de quoi

L'Horizon chimérique

Nous avons vraiment cru que nous allions jouer à la guerre. Comment avons-nous pu être si bêtes, si présomptueux, et penser, une fois la bataille engagée, qu'elle ne durerait pas ? Depuis le 21 février, je lis chaque jour dans le journal le compte-rendu de la tragédie qui se déroule à Verdun, où, après que mille trois cents obusiers allemands eurent craché leur feu sur trois de nos divisions, les soldats du Kronprinz ont pris le fort de Douaumont, gagné la rive gauche de la Meuse, transformé en gigantesque magma la cote 304, le bois des Corbeaux et celui des Caures. J'ai appris aussi par un entrefilet que Maurice Ravel était à Verdun, comme chauffeur de camion. S'il a la chance d'y survivre, et maintenant qu'il sait, j'aimerais qu'il mît en musique un poème de Jean.

Saint-Cloud, avril 1916

J'ai obtenu de passer deux mois de convalescence dans un ancien relais de chasse de Napoléon entouré d'un grand parc fleuri, où des médecins et des infirmières désabusés finissent de remettre debout les poilus qui tremblent de tout leur corps abîmé, parfois désarticulé, à l'idée de devoir bientôt retourner à la vie civile.

Certains de mes camarades d'infortune ont en effet si peur d'affronter le monde réel, ce nouvel ennemi, qu'il leur arrive de regretter la guerre. Ils me parlent de leur tranchée comme d'un refuge après l'effort, évoquent avec exaltation le feu incessant de l'artillerie et les fusées dans le ciel, disent qu'ils étaient « portés » par les vagues d'assaut successives, n'en finissent pas de vanter la solidarité et la fraternité exceptionnelles d'un monde d'hommes dont ils sont sortis vivants, mais auquel, dans leur tête, ils ne semblent pas avoir survécu. À les entendre, on croirait que le danger est plus grand dans les bureaux, les boutiques, les arsenaux, les ateliers et les fermes qui les attendent que sur les champs de bataille où ils ont failli mourir. On pourrait les croire fous, ils sont seulement déboussolés. Ils ont perdu en même temps le sommeil, l'appétit, le sourire et le goût des choses banales. Mais pas la mémoire, qu'ils réinventent et enjolivent pour en supporter le poids. Je crains que, désormais, ils n'aient ni l'envie ni le courage de vieillir. Je crains plus encore de leur ressembler.

Moi, c'est mon incroyable naïveté que je regrette. Dans ces allées qui ont vu claudiquer les grognards de l'Empereur et embaumer le premier lilas blanc, je suis bien le seul à éprouver ce remords. Je me souviens très bien du début de l'été 1914. Il faisait beau dans Paris. D'innombrables drapeaux tricolores flottaient aux fenêtres et aux balcons des immeubles gris. Le parc Monceau était transformé en pâturage à bestiaux. Tout le monde se tutoyait dans la rue, où des fusiliers marins avaient pris la place des gardiens de la paix. Des groupes d'étudiants et d'ouvriers chantaient à tue-tête *La Marseillaise* sous les fenêtres aux volets fermés de l'ambassade d'Allemagne. L'une après l'autre, les boutiques de Maggi, compagnie d'espionnage prussien, étaient détruites. Des tranchées étaient creusées dans la vallée de Chevreuse pour prévenir l'hypothétique siège de la capitale.

Les nouvelles en provenance des Balkans étaient

mauvaises, la menace planait au-dessus de nos têtes dans un silence de gros dirigeable, et pourtant, nous l'espérions, cette guerre, nous la désirions même. Elle nous ferait grandir. Elle nous épargnerait l'ennui d'entrer poussivement dans l'âge adulte. Elle nous ferait découvrir l'ivresse du patriotisme. On y dépenserait notre trop-plein d'énergie et, à coup sûr, on la gagnerait en quelques semaines. Ce serait une formalité, une récréation, une aussi belle expérience que ces camps scouts initiés par Baden-Powell et aussitôt adoptés par la jeunesse française. Nous étions invincibles. Dieu que nous étions bêtes.

Jean avait connu ce même enthousiasme. Jamais, me disait-il, sa joie de vivre n'avait été plus forte qu'en ce mois de juillet où la chaleur moite annonçait le terrible orage. D'apprendre qu'il était, en théorie, à la disposition de l'autorité militaire le comblait d'aise. Il bénissait le destin qui lui permettrait de quitter, la tête haute, un emploi dont il ne supportait ni la routine ni les mesquineries. Il abandonnerait sa défroque de Jean Dézert et verrait du pays. Il cesserait enfin d'être saisi chaque matin par la mélancolie, qu'il déversait le soir dans des poèmes plaintifs, des chansons immobiles, des soupirs adolescents. Il quitterait Paris comme il avait quitté Bordeaux : pour devenir un homme. Une fois dans son existence, il serait donc bon à quelque chose. Il apprendrait le sacrifice de soi, goûterait au parfum âcre du danger. La guerre serait son salut. « Elle a, écrivait-il à sa mère dans une lettre du 6 août dont il avait conservé le brouillon, quelque chose de divin, malgré son horreur. Elle est immortelle comme la peste et le choléra. Celle-là sera peut-être la dernière grande guerre — et la plus terrible — de l'époque moderne. Puis on en verra d'autres, aussi nécessaires et inévitables — l'éternelle lutte des barbares de l'Orient contre les civilisés de l'Occident, l'éternelle invasion à repousser. » Et le lendemain, s'adressant cette fois à son père, d'une manière plus martiale : « Je souhaite ardemment être de ceux qui mettront le pied sur la terre germaine, derrière les tambours et les clairons, ou bien de ceux qui mourront pour leur pays. »

Tout à sa ferveur, il craignait que sa classe ne fût pas mobilisée en priorité. Il enviait les officiers de réserve et les troupes du génie qui marchaient en chantant vers la gare de l'Est. Le cœur gros, il voyait partir ses amis éditeurs, écrivains, journalistes qui à Langres, qui à Namur, qui à Mulhouse. Il les imaginait entrant dans Berlin, escortés par des tirailleurs sénégalais et des cosaques sur leurs petits chevaux au poil long. D'ailleurs, s'il croisait dans la rue un antimilitariste, il l'insultait à voix haute et le traitait de couard. Il espérait tellement partir dès le mois d'août qu'il s'était abstenu, comme la plupart des Parisiens, de faire des réserves de boîtes de sardines et de courir chez le bottier, dont les stocks de brodequins avaient été dévalisés. Pour ses « achats préventifs », il avait préféré demander de l'argent à son père que de se mêler à la foule qui, dès l'aube, piétinait devant les établissements de crédit.

Non seulement il n'espérait pas la paix, mais il la méprisait. Il avait refusé d'applaudir, le 29 juillet, la voiture noire qui ramenait, sous les hourras, le président Raymond Poincaré à l'Élysée. Ce jour-là, il avait préféré aller se faire vacciner contre la variole et le typhus. Il rongeait son frein, se morfondait chaque jour un peu plus et, sautant le déjeuner, s'échappait du bureau de la Préfecture pour aller faire le siège des bureaux de recrutement, où, en vain, il réclamait ses galons de sergent et suppliait qu'on l'envoyât « à la frontière ». Mais, après l'avoir palpé, mesuré, ausculté, et même suspecté, l'armée ne voulait pas encore de lui. Elle le récusait. Sa myopie était rédhibitoire. Il multipliait alors les visites au service d'ophtalmologie de l'hôpital Beaujon afin d'obtenir d'un interne complaisant le certificat qui lui accorderait une vue suffisante pour porter l'uniforme et le fusil. Rentré chez lui, pour occuper le temps, il n'en finissait pas de graisser ses souliers de guerre, qui brillaient comme de l'argenterie.

À la Préfecture, c'en était fini de l'assistance aux vieillards. On s'occupait plutôt de tenir le registre des jeunes tués. Dès le 13 août, en fait de paperasserie, Jean et ses collègues commencèrent à recevoir et à classer des centaines de plis venus du front qui contenaient des remises de médailles avec toujours la même formule : « mort au champ d'honneur ». Ils tenaient les listes à jour, envoyaient des courriers officiels de condoléances aux familles. Des pompiers apportaient des seaux d'eau dans le bureau pour éteindre les commencements d'incendies provoqués par les bombes allemandes tandis que défilaient, sous les fenêtres, et dans un chahut indescriptible, des régiments de marche africains, des spahis, des zouaves, des tringlots arabes, que précédait une troupe affolée d'ânes du désert, de mulets récalcitrants et de chevaux barbes dont les fers neufs claquaient sur le vieux pavé.

Le dimanche, Jean, qui n'en pouvait plus d'attendre, poussait à pied jusqu'au bois de Boulogne, dont tous les arbres avaient été abattus, et il assistait, les bras ballants, au creusement industrieux des tranchées, à la confection de hauts talus, à l'installation des pièces d'artillerie. Quand il rentrait dans l'île Saint-Louis, la nuit était noire. Pour cacher la ville aux aéroplanes et aux zeppelins prussiens, tous les réverbères étaient éteints. Paris découvrait qu'elle avait un ciel étoilé et une lune au-dessus d'elle. Autrefois, c'est un spectacle qui eût ravi le poète Jean de La Ville de Mirmont. Mais aujourd'hui, il n'en supportait plus la douceur. « Comprends-tu ? me disait-il, j'étais las à en crever de n'offrir mon courage qu'à l'administration et au civisme. Je bouillais. Je m'exaspérais. Je me détestais. »

Enfin, l'heure de la délivrance sonna. Comble de l'ironie, elle arriva au moment même où, cédant aux commandements du généralissime Joffre, le gouvernement abandonna la capitale pour se replier dans la ville natale de Jean et où le président de la République, le président du Conseil René Viviani, les ministres, les corps diplomatiques, les députés et les sénateurs embarquèrent dans une dizaine de trains spéciaux affrétés en gare d'Auteuil-la-Muette. L'État fuyait à Bordeaux, où il avait grandi, tandis que le jeune Bordelais s'en allait au front, où il allait mourir. Si ça n'était pas un signe du ciel !

Le 8 septembre 1914, Jean reçut sa feuille de route. Il la baisa, la caressa, la respira. Il pleura aussi, mais de joie en lisant et relisant sa convocation. Car il était attendu, deux jours plus tard, à la caserne de Libourne où il partit avec cette ferveur que mettent les pèlerins à rejoindre Saint-Jacques-de-Compostelle, cette naïveté des enfants qui rentrent chez eux après des vacances en colonie. Le garçon que je rencontrai pour la première fois était heureux et si plein d'idéal qu'on l'eût dit inconscient du danger. Il ressemblait plus à un chevalier des croisades qu'à un soldat et attribuait à la protection de Dieu son invincibilité. Pourtant, il n'avait plus que deux mois à vivre. C'est quoi, deux mois ? Huit semaines, soixante jours, une broutille, un coup de vent, le temps d'un soupir, une éternité.

Un instant, j'ai pensé que la plus fière joie
Eût été de m'enfuir, comme un aigle s'éploie,
Au lointain rouge encore des soleils révolus.

L'Horizon chimérique

Je me souviens qu'après avoir séjourné à Saint-Cloud, j'ai failli ne pas revenir à Paris. Je m'étais même enquis auprès de la capitainerie du Havre sur les possibilités d'embarquer à moindre coût sur un transatlantique. C'était plus facile que je ne l'imaginais. Je me serais éloigné sans avertir quiconque, ni mes parents ni Constance. J'aurais réalisé le voyage sans retour auquel mon ami avait toujours aspiré. Ainsi, je me serais éloigné de son souvenir obsédant et rapproché de son enfance rêveuse. Il ne m'a manqué que le courage. Comme c'est étrange et décevant : j'ai eu moins peur de monter au front que de voguer vers l'inconnu ; j'ai eu moins peur de mourir que de partir. Alors, j'ai fait le dos rond et pris le premier fiacre qui se présentait pour la capitale. J'ai compris ce jour-là que j'étais un homme moyen.

Paris, avril 1919

C'était le premier jour où, après l'interminable hiver de la guerre, Paris sentait le printemps. Constance était d'humeur mutine. Elle voulait marcher dans le premier soleil et voir des animaux. Elle avait mis sa robe à fleurs et à oiseaux qui lui donnait un air d'Arcimboldo. On avait suivi les quais de la Seine à pas lents, jusqu'au Jardin des Plantes, ce « lieu mélancolique » où, après avoir distribué du pain de seigle aux éléphants, Jean Dézert avait rencontré, devant le bassin aux otaries, Mlle Elvire Barrochet.

J'avais glissé ma main gauche sous son bras potelé tandis que, de la droite, je m'appuyais sur ma canne. Un peu de chair fraîche, un peu de vieux bois. J'avais retrouvé ainsi une manière d'équilibre.

En chemin, nous achetâmes du pain de seigle pour les éléphants et des cacahouètes pour les orangs-outans. Mais rien pour les colombes qui perchent dans les tilleuls de Hollande ni pour les alligators dont Jean écrivait que, « dans leurs cuvettes de ciment pleines d'eau tiède, ils rêvent à des jambes luisantes de jeunes négresses, passant un gué au clair de lune ».

Il y avait déjà foule à l'entrée du Jardin, où parvenaient les odeurs fortes de la fauverie et du pavillon des reptiles. On nous laissa passer sans faire la queue, privilège des grands blessés, avantage des revenants, dans un murmure de respect compassionnel. Des enfants criaient de joie et de peur au-dessus de la fosse aux ours. Devant la grande volière, édifiée par Alphonse Milne-Edwards pour l'Exposition universelle de 1889, une nuée de peintres animaliers coiffés de canotiers avaient pris position et planté leurs chevalets. De tous les oiseaux, c'est le perroquet royal du Brésil qui avait leur préférence ; il ajoutait sans cesse des couleurs aux couleurs. Constance était aux anges. Mais son cœur battait surtout, un peu plus loin, pour les lions et les tigres de l'Afrique-Équatoriale française qui somnolaient sur un gros rocher. À leur démarche endormie, elle trouvait de la « majesté » et elle admirait que, malgré la souffrance de l'exil et l'exiguïté de leur promontoire parisien, les rois de la forêt eussent gardé leur « dignité ». Le Jardin des Plantes est le seul endroit qui autorise les idées reçues.

Lorsqu'on entra dans la singerie, elle fit aussitôt un pas en arrière. L'odeur pestilentielle était insupportable. Des cris aigus de suppliciés se répondaient de branche en branche. Constance était dégoûtée, effrayée, et surtout gênée par cette population de chimpanzés, d'orangs-outans, de macaques aux fesses rouges et au regard triste qui imitaient sans joie les gestes de leurs visiteurs endimanchés.

— Ils nous ressemblent trop, me souffla Constance. C'est un spectacle pathétique.

— Ils sont plutôt drôles. Observe donc la manière très propre et précautionneuse dont le ouistiti mange sa banane. Il ne lui manque que la parole...

— Je ne sais pas ce qu'il te faut. On dirait qu'ils nous singent. Et cette maman guenon, qui allaite son bébé, tu vois comment elle nous regarde ? On dirait qu'elle va pleurer. Partons, Louis, je ne peux pas rester ici, allons aux hippopotames...

En rentrant, Constance me reparla des singes. Ils l'avaient vraiment ébranlée. À cause d'eux, elle ne retournerait plus, me dit-elle, au Jardin des Plantes. Elle comprenait qu'on fasse venir, par bateaux, des éléphants, des girafes ou des pumas, mais des singes, non, ça, elle ne l'acceptait pas.

Je lui racontai alors la terrible histoire de Jean et de Caliban. Mon ami avait toujours aimé les animaux. À Bordeaux, il avait eu un chat, Miki, dont il avait fait son confident et qui s'était échappé lors des grandes vacances, et aussi un chien, Joë, d'une nature fugueuse. Il jugeait d'ailleurs que, même domestiquées, les bêtes n'abdiquent jamais leur sauvagerie et qu'il convient toujours de leur offrir, un jour ou l'autre, l'occasion de recouvrer, en pleine nature, la liberté.

À Paris, Jean souffrait de n'avoir ni chat à caresser ni chien à promener. Alors, il avait acheté un singe dans une animalerie exotique du quai de la Mégisserie où piaillaient, feulaient, couinaient, barrissaient, jappaient, zinzinulaient et chantaient des serins du Mozambique, des poissons japonais, des écureuils, des chinchillas, des chihuahuas, des serpents, des perroquets, des fennecs, des tortues, des araignées, des gerbilles, des hamsters nains venus, dans les cales des cargos, du plus loin de l'horizon chimérique. En entrant, il lui avait semblé soudain réaliser un rêve d'enfant : monter à bord d'un de ces paquebots qui déchargeaient, sur les quais de Bordeaux, une population encagée d'animaux inconnus et paniqués.

Il avait aussitôt été séduit par un tout petit singe de race hindoue, au ventre bleu clair et au visage rose, qui tenait dans une poche et avait emménagé chez lui au plus chaud du mois d'août 1913. Avec son collier de barbe et sa bedaine sur laquelle il croisait ses mains aux ongles longs pour s'endormir, il ressemblait, me disait Jean, à un Auvergnat repu. Il le nourrissait de lait frais et de carottes que le singe prenait soin de laver lui-même à l'eau du robinet. Le matin, avant de partir pour la Préfecture, il l'enfermait dans une cage à perroquet. Et le soir, il le laissait vaquer dans la chambre à sa guise, s'amusait à le voir grimper aux rideaux, lui donnait des crayons à dessiner qu'il mâchouillait ou avec lesquels il noircissait des livres. Mais le plus grand bonheur de l'animal était de venir se blottir entre le gilet et le veston de son maître, qui lui chantait l'air des singes, de Kipling. Sa faculté d'imitation était telle qu'il exigeait, au réveil, d'avoir sa propre brosse pour se laver les dents, lui aussi. Jean le trouvait à la fois très spirituel et très attendrissant. Il l'avait baptisé Caliban, non pas à cause de *La Tempête*, de Shakespeare, mais parce que c'était l'anagramme de cannibale. Ils vécurent, ensemble, une fin d'été idyllique.

Aux premiers jours de l'automne, un froid précoce s'abattit sur la ville. Caliban se mit à trembler. Jean prit l'habitude de déposer une couverture de laine sur sa cage. Mais Caliban continua de frissonner, et cessa de s'alimenter. Ses yeux étaient de plus en plus mélancoliques. À la fin du mois d'octobre, Jean décida d'épargner à son petit singe une longue agonie et de hâter sa mort. Un soir où Caliban s'était pelotonné dans son gilet en geignant faiblement, il prit une ficelle et l'étrangla. « Ce soir-là, me dit-il d'une voix laconique, mon singe a rendu son âme au bon Dieu des grands cocotiers. Sais-tu qu'en Inde, le singe est le dieu de la sagesse et le patron des lutteurs ? On l'appelle Hanumân. Il est d'une fidélité complète et permanente à son maître spirituel, d'une abnégation exceptionnelle, aussi. Selon un proverbe hindou, les singes pleurent sur les autres, mais jamais sur eux-mêmes. C'est pour ça que je rêvais d'en avoir un. »

À la nuit tombée, il empaqueta Caliban dans du papier journal et alla le jeter à la pointe occidentale de l'île Saint-Louis, le confiant à l'eau noire de la Seine sur laquelle glissaient de fantomatiques péniches comme, en Inde, les morts sont offerts au Gange.

Mais il ne voulait pas rester seul, et il demanda aussitôt à sa sœur Suzanne de lui envoyer un gros chat angora, anglais et tout doré, qu'il prénommerait Boudgim. Car il était convaincu de ne pouvoir travailler s'il n'avait pas, près de lui, pour l'encourager, un animal domestique. « Un animal chaud, loyal et silencieux... »

Constance trouva cette histoire très triste. Serrant mon bras, elle s'étonna que Jean n'eût pas souhaité plutôt la compagnie d'une femme.

— Oh ! Jean était un vieux garçon, avec des habitudes de matelot. Il se rêvait baroudeur, explorateur, il se croyait toujours sur le départ, à la manière du roi dont l'île portait le nom. Louis IX ne revenait en effet de croisade que pour y repartir aussitôt. La huitième lui fut fatale, il mourut devant les remparts de Tunis. Cela aurait presque converti Jean au monarchisme. Il louait une chambre dans un immeuble du quai d'Orléans datant du dix-septième siècle comme on loue un meublé provisoire. D'ailleurs, près de sa porte d'entrée, il avait placé une grosse malle où il rangeait ses vêtements et sur laquelle étaient collées des étiquettes jaunies de compagnies anglaises de navigation. Au-dessus de son lit, il avait cloué une immense carte du monde et, dans un angle, disposé un tam-tam zoulou en peau de buffle. Il aimait l'idée que les bateaux-mouches passent devant son île de onze hectares sans pouvoir y accoster et que les remorqueurs saluent de trois coups de sirène ses habitants taciturnes. « On nous appelle les Ludovisiens. Nous sommes gardés le jour par des arbres frissonnants et la nuit par de mauvais réverbères. » Il avait en effet l'impression de faire partie d'une petite population d'indigènes coupée de la grande ville et dont les mœurs n'intéressaient personne : « Nous n'adorons pas le soleil, disait-il, pince-sans-rire, ni ne torturons les missionnaires protestants. Et puis, ici, il n'y a jamais d'animation. Quand, par extraordinaire, une automobile s'y aventure, vous pouvez tenir pour certain qu'elle écrasera un chien, un chat, voire un enfant étonné. » Il prétendait que, certains jours, poussées par le vent, les pluies qui arrosaient l'île Saint-Louis venaient directement de l'archipel britannique. Sa cantine quotidienne était, quai d'Anjou, *Le Rendez-vous des mariniers*, où il dînait avec des éclusiers dont l'occupation consistait à mettre des pétards sous les chaises des bourgeois. Il fréquentait aussi, sur ce qu'il appelait « le continent », un troquet du quai de la Tournelle où il se rendait en empruntant le pont Marie. Il y jouait aux cartes jusqu'à pas d'heure en écoutant des airs déchirants de banjo désaccordé. Une femme aurait bouleversé sa vie bien rangée. Elle aurait pris trop de place dans sa cabine. Il aurait fallu qu'il lui sacrifiât la littérature, et ses voyages imaginaires. Il n'avait donc que des maîtresses. Il les comparait volontiers à des filles de port, dévolues aux amours d'escales. Il ne les voulait pas belles, mais lascives, et avec un goût de caramel chaud. Il était heureux de s'endormir avec elles pourvu qu'il ait la certitude de se réveiller seul. La dernière eut la mauvaise idée de s'incruster chez lui. Il s'énerva et la poussa méchamment par la fenêtre. Par chance, Jean habitait au rez-de-chaussée.

Que nous importent vos scrupules,
Et vos soucis et vos tracas ?
Nous ne mettrons jamais nos pas dans
vos empreintes ridicules !

L'Horizon chimérique

Je me suis souvent demandé ce que Jean serait devenu s'il avait survécu à la guerre ou du moins si, comme moi, à cause d'une blessure, il avait été exfiltré du front et rendu à la vie civile. Aurait-il repris sa place à la préfecture de la Seine, retrouvé ses vieillards toujours en vie, seulement un peu plus courbés, un peu plus amnésiques, un peu moins entendants ? Aurait-il demandé de l'avancement ou une mutation dans un autre service ? Aurait-il eu ce courage-là, cette lâcheté-là, lui qui pointait à heures fixes, mais, dans ses poèmes de jeunesse, n'en finissait pas de brocarder les honnêtes gens, les hommes de loi, les prudents, et les bons sentiments ? Je n'en sais rien, ma foi. Ce dont je suis certain, c'est qu'il aurait apporté, en vers ou en prose, peu importe, une apostille à L'Horizon chimérique. *Car après le Chemin des Dames, et pour chacun d'entre nous, il n'y eut désormais plus de perspectives et plus d'illusions. Les bateaux de Jean auraient été encalminés pour toujours. Peut-être aussi serait-il retourné à Bordeaux, à sa maman, et on l'aurait oublié davantage encore.*

Paris, janvier 1921

Sans animosité, avec seulement de l'inquiétude dans la voix, Constance me reprocha un soir d'être trop occupé par Jean. On venait de faire l'amour très doucement. Elle avait mis sa tête sur ma poitrine, et me caressait les poils.

— Fais attention, Louis, tu t'éloignes, tu dérives, tu t'occupes plus de ton grand mort que de ta petite vivante...

J'avais haussé les épaules dans la pénombre tiède. Dehors, il neigeait.

— Tu dis n'importe quoi. Je suis bien avec toi. On s'aime.

— Tu ne t'en rends même plus compte, mais il est toujours là, entre toi et moi. C'est vraiment un fantôme encombrant. Tu passes tes journées à le poursuivre, à enquêter sur lui, à rencontrer des gens qui l'ont connu, à éplucher de vieux papiers.

— Tu exagères, Constance.

— Non, j'ai l'impression de partager mon existence avec un détective privé, ou un médecin légiste. Certains jours, tu es tellement nerveux qu'on dirait un chien qui gratte le sol pour retrouver son os et dont les coussinets sont en sang. La guerre est finie, Louis, et notre vie commence.

Constance se leva soudain, alluma sa lampe de chevet, fit le tour du lit, enleva le petit cadre en bois clair posé sur ma table de nuit et le mit dans un tiroir du bureau. Elle resta debout, nue et autoritaire. Sa peau blanche luisait et, sous son ventre plat, l'affolant et proliférant triangle noir semblait me dévisager.

— Peut-être trouves-tu normal de dormir avec la photo de ton camarade, mais moi, ce n'est pas lui que j'ai épousé. Ça suffit, maintenant. Remets les pieds sur terre, reviens-moi, je t'en prie.

Elle avait fermé ses poings sur les hanches et me dominait. Elle ne bougeait pas, attendant je ne sais quoi, des excuses, une contrition, un aveu de faiblesse. Sa colère me touchait. Elle était belle, mon irascible, avec ses seins lourds, ses longues cuisses, son corps musculeux et tendre à la fois, sa douceur de lait au miel. Je tendis la main vers elle pour qu'elle me rejoigne sous les draps.

— Allez, viens, Constance.

— Pas tant que tu ne m'auras pas promis de changer.

— Oh, je ne demande qu'à changer, si tu savais, mais tu ne pourras pas le chasser de ma tête. Parfois, j'ai l'impression qu'il m'a été greffé, qu'on a transplanté son cœur sur moi. Je sais que c'est dur à comprendre. Je te promets de ne plus t'embêter avec mes obsessions. J'ai besoin de toi. Si je ne te sens pas à mes côtés, je n'y arriverai jamais. Je te fais une autre promesse : quand ses textes auront paru, on n'en parlera plus. Il faut seulement que je finisse de ranger le passé pour être en paix avec moi-même. Ça, tu peux le comprendre, non?

Elle se détendit. Le jour se levait dans les ronronnements du poêle. Elle glissa alors son corps froid contre le mien. Je la serrai de toutes mes forces. Elle se détacha et, me tournant le dos, fit mine de se rendormir. La paix serait brève.

La veille, j'avais passé des heures à la préfecture de la Seine. Une femme, qui avait été la collègue de Jean, m'offrit de lire son dossier.

— Je n'ai pas le droit, mais je n'ai pas envie non plus de vous le refuser. Mettez-vous dans un coin, je ne dirai rien, et puis c'était un si brave garçon...

Après avoir été recalé une fois, Jean avait finalement été reçu, en juin 1911, au concours de rédacteur à la Préfecture. Il avait aussitôt pris son service dans un immeuble qui donnait sur l'église Saint-Gervais. Il y était placé sous les ordres d'un rédacteur principal, mais se flattait de commander à deux expéditionnaires et à un piqueur. Lui qui n'avait pas encore fini de découvrir Paris à pied, en bateau-mouche et en omnibus, et dont l'exploration méthodique du Louvre n'en était qu'à ses prémices, découvrait soudain l'étendue vertigineuse des domaines permanent et temporaire de la capitale. Contrairement à ses collègues blasés, il allait sans cesse compulser, sur la table centrale où ils étaient disposés tels des reliquaires ou la sainte Bible, les deux énormes volumes reliés qui constituaient le sommier de toutes les propriétés municipales. Son chef ironisait sur sa provinciale curiosité et ne manquait jamais une occasion de lui rappeler combien, ici, le travail était sérieux — « Rien à voir, croyez-le bien, avec les romans de Courteline. »

On l'avait d'ailleurs prévenu : les littérateurs étaient mal vus dans ce bureau et on espérait que le jeune Bordelais ne dissimulait pas une vocation de nouvelliste ou de poète. Au besoin, on brandissait le spectre menaçant de Joris-Karl Huysmans, qui avait occupé pendant trente ans un poste modeste de fonctionnaire au ministère de l'Intérieur et avait cru bon, dans des livres « dégoûtants » comme *En ménage* ou *À vau-l'eau*, de ridiculiser une si « noble fonction ». Ce Huysmans avait été jusqu'à déclarer au journaliste Jules Huret, qui lui demandait en 1900, pour *Le Figaro*, s'il avait la nostalgie du ministère : « Ah ! ça non, par exemple ! Sapristi de sapristi ! cré mâtin ! ah, la sale chose ! ah, l'immondice ! ah, la cochonnerie ! Quand je pense à ce sale téléphone que j'avais dans le dos, là, du matin au soir, eh! allez donc! tzin, tzin! Je ne connais rien de plus dégoûtant, de plus bête, de plus assommant, de plus horripilant que cette invention-là! Autrefois, ça allait encore, on avait la paix dans ces satanés bureaux; il n'y avait ni bouton électrique ni téléphone. Quand on avait besoin d'un garçon, on le sonnait tranquillement avec le drelin-drelin des familles, il ne se pressait pas de venir, il avait bien raison. Quand un chef vous faisait demander un document, on prenait tout son temps pour ne pas le trouver. Mais depuis l'électricité, je vous assure que c'est devenu insupportable. Plus de paix, plus de tranquillité, c'était l'enfer! La voix des cloches, oui, mais pas de timbre, sapristi! Ah, j'espère que ces trente-deux années que j'ai passées au Ministère me seront comptées là-haut comme purgatoire, ou alors c'est qu'il n'y a pas de justice et je douterais de Sa Miséricorde... » Disparu en 1907, Huysmans avait d'ailleurs chèrement payé sa trahison puisqu'il était devenu fou, répétait le rédacteur principal en faisant la grimace. Il avait versé dans l'occultisme, la magie, le satanisme, les messes noires, était devenu oblat après s'être engagé à la conversion de ses mœurs et il avait fini ses jours à l'abbaye bénédictine de Ligugé, où il observait scrupuleusement les matines, laudes, vêpres, complies, chantait la louange de Dieu, attendait le retour du Messie en priant sainte Lydwine et en roulant en cachette des cigarettes avec quelques bribes de caporal... Jean avait alors compris le message. Il ne sortirait pas de sa serviette le petit marin en bois que, pour le consoler autrefois, sa maman lui avait acheté au Magasin universel et qu'il comptait placer, à la manière d'un talisman, sur son bureau. Il n'avouerait jamais non seulement qu'il écrivait des poèmes azuréens, mais aussi qu'il lisait avec délice les contes des *Mille et Une Nuits*, à ses collègues serviles dont l'occupation la plus passionnée était de consulter, dès le jeudi, l'indicateur afin de savoir où et avec quel matériel adéquat ils iraient pêcher à la ligne le dimanche.

Le soir, rentré chez lui, après avoir fermé sa porte et mis du charbon dans le poêle, il était gagné par le doute, se reprochait de ne pas tout sacrifier à sa carrière et à la Préfecture. À l'âge où il s'agit d'obéir aux convenances et de guigner de l'avancement, il cédait bêtement aux illusions de sa jeunesse, appareillait pour des tours du monde qu'il ne ferait jamais, se fiançait sous des dais blancs avec des princesses aux seins d'ébène, s'enivrait de vin des îles, de rhum martiniquais et de gin australien, avait des Papous dans la tête et des tatouages sur le ventre. Quel naïf! Au lieu de travailler à s'asseoir un jour dans l'enviable fauteuil de chef de bureau et, qui sait, d'entrer dans un ministère où il arborerait le col dur et la cravate, il restait un dérisoire timonier de papier qui portait, sur son épaule droite, un perroquet vert très persifleur, et abusait d'une cuisine imaginaire, pleine d'huile et de piments.

Somme toute, je suis sincère
Plus qu'il n'y paraît tout d'abord;
Mais je conviens que mon grand tort
Est de m'inventer des chimères.

Je m'accroche à des tas d'ennuis,
Je m'égratigne à des vétilles,
Et je me pique aux mille aiguilles
Dont est cousu chaque aujourd'hui.

Oh! qui donc me délivrera
De ce cœur par trop chimérique,
Imbu de vaste rhétorique,
De romantisme, et cætera?

Et puis, il avait été affecté, en 1913, au bureau intercommunal de la Direction des affaires départementales, et chargé de l'assistance aux vieillards. À vingt-six ans, il remplissait des imprimés afin d'accorder cinq francs mensuels à des moribonds. Chaque semaine, il se rendait à Sceaux, Saint-Denis, Villejuif, pour enregistrer les plaintes et les râles des indigents, des paralytiques, des phtisiques, des alcooliques, que leurs enfants refusaient de nourrir. Le dossier était plein d'actions en justice que Jean avait menées pour obliger ces derniers à s'acquitter de leur devoir filial et subvenir aux besoins élémentaires de leurs parents.

Parfois, entre deux papiers administratifs, Jean glissait des fiches cartonnées sur lesquelles il notait certaines rencontres, et quelques pensées fugitives. Avait-il en tête d'en tirer un jour la matière d'un livre sur le malheur ordinaire comme la pathétique histoire de Mlle Céréda, rencontrée lors de l'inspection d'une maison de santé, lui avait inspiré un conte bref et laconique, *Le Piano droit*? Mlle Céréda, qui enseignait la musique de chambre et les airs de mazurka, avait décidé de déménager. Elle n'était pas très encombrante : un lit, une commode et quelques chaises, vite chargés et déchargés par des hommes musculeux. Seulement voilà, il y avait aussi un piano droit, qui ne voulait pas monter par le petit escalier en colimaçon. Les déménageurs, après avoir descellé le balcon de fonte, tentèrent l'ascension par l'extérieur, avec des palans, des cordes, des poutres. Le piano fut hissé jusqu'à l'étage de la destination et, à l'instant où il allait pénétrer dans l'appartement, après qu'un câble eut sauté, tomba de tout son haut, de tout son poids, sur deux chevaux d'omnibus, qui s'effondrèrent par l'arrière sans un cri. Ce jour-là, Mlle Céréda perdit à la fois son instrument de musique, son gagne-pain, ses élèves et la raison. Lorsque Jean lui rendit visite, elle pianotait avec ses doigts sur la toile cirée du réfectoire et, les yeux hagards, dodelinait de la tête à la manière d'un métronome. Une infirmière lui confia que Mlle Céréda s'acquittait chaque année avec le plus grand sérieux de la tâche que le directeur de l'asile lui avait confiée : organiser, pour l'anniversaire de son épouse, une petite fête musicale et accompagner, au piano, le chœur catarrheux des malades.

« 9 janvier 1914.

Hier, une de mes assistées est venue me voir à mon bureau pour m'annoncer que la Vierge lui était apparue. Le miracle l'avait transportée de joie. Je lui ai conseillé d'aller trouver Mgr Amette, plus compétent que moi en la matière. Elle m'a béni en partant, mais m'a révélé que je mourrai jeune, de la poitrine. »

« 25 janvier 1914.

Que serai-je à cinquante ans ? Mon Dieu, si je vis encore, j'espère être un honnête homme et un homme honnête. Le rang que j'occuperai alors dans mon métier servile m'importe peu. Mes ambitions sont ailleurs. »

« 9 mars 1914.

Il vient de m'en arriver une bien bonne. Un nouveau rédacteur est nommé à mon bureau où il sera mon collègue à partir du mois prochain. Il s'appelle Jean Dézert ! Ces affaires n'arrivent qu'à moi. J'espère toutefois que mon petit bouquin passera assez inaperçu pour ne pas créer une situation délicate entre ce jeune homme, à qui je ne veux aucun mal, et moi, qui ne pouvais pas m'attendre à cet événement. »

« 16 mars 1914

Une vieille folle m'a pris en amitié et vient me voir à mon bureau. Mais sa folie se borne à causer politique et à bénir les gens. Du reste, elle est protestante et reproche au pape d'avoir "détruit la main-d'œuvre". Je ne sais pas ce qu'elle entend par là. Elle prétend que tout irait mieux si l'on augmentait de dix-huit mois le mandat législatif des députés et si l'on plaçait deux sentinelles, baïonnette au canon, devant les affiches officielles. Elle ne s'en va pas sans me dire : "Au revoir, messieurs de l'administration, Dieu vous protège, car nous en avons besoin !" »

« 30 juillet 1914

Je viens d'être informé par le cabinet du Préfet que tous les congés accordés au personnel sont supprimés jusqu'à nouvel ordre. »

Son épais dossier, à l'écriture appliquée et au parfum de vieux blé, était un modèle de rigueur. Ainsi donc, Jean avait été un employé scrupuleux. Lui qui rêvait d'aventures extraordinaires n'avait pas méprisé son labeur ordinaire. Il tenait sa fonction de collecteur de malheurs pour une mission.

Car le jeune aristocrate avait soudain découvert la misère et la détresse dans des banlieues grises et des terrains vagues qui semblaient sortir, intacts, du siècle précédent et avoir été oubliés du nouveau.

Et puis, dans sa manière tellement empathique de décrire ces patriarches blottis dans des draps crasseux, ces regards humides qui réclamaient un geste d'amour à travers la pénombre, ces longues fatigues étayées par des béquilles, ces mains veinées aux ongles trop longs et jaunes, ces toux grasses et apeurées, je ne pouvais pas m'empêcher de lire autre chose que de simples rapports administratifs. Le jeune visiteur de ruines pressentait déjà qu'il ne vieillirait jamais. Il était curieux de ce dont il serait dispensé : le poids du temps sur une vie, et son cortège de souvenirs, de regrets, de remords, qui marchent au pas derrière le presque disparu.

En marge d'un compte-rendu circonstancié établi après une tournée de trois jours en banlieue, Jean avait noté, au crayon noir : « Ce travail est usant. Pour le supporter, penser à Maupassant et s'en inspirer. »

Sans doute faisait-il allusion au commis du ministère de la Marine, et ensuite du ministère de l'Instruction publique, qui avait son petit emploi en horreur et détestait ses collègues — tous, à l'en croire, des médiocres sans esprit. Mal jugé par ses chefs, qui l'accusaient de bâiller sur ses dossiers, Maupassant se plaignait d'être « une chose obéissant à une sonnette électrique ». Il supporta, pendant dix ans, son existence de petit fonctionnaire, pour deux seules raisons : la première est qu'il passait la semaine à attendre le dimanche, jour béni où il allait nager, canoter et ramer sur la Seine, boire dans les guinguettes et coucher avec des filles girondes aux aisselles fleuries. La seconde est qu'il attendait de sortir du bureau pour se dépêcher d'aller écrire, et qu'il écrivait d'autant mieux et plus vite qu'il avait rongé son frein durant toute la journée. *Boule de suif* ou *La Maison Tellier* furent la revanche de l'écrivain sur le rond-de-cuir, du conteur sur le greffier. La littérature le dédommageait de l'ennui qu'il éprouvait à brasser du vide et à obéir aux ordres de bureaucrates qu'il méprisait.

Jean avait dû lire les nouvelles de Maupassant, lequel ambitionnait de rassembler les *Grandes Misères des Petites Gens*, à l'aune de sa propre expérience. Peut-être même avait-il pris exemple sur lui. Pas pour aller faire de la yole le dimanche et s'offrir des putains sous les peupliers, mais pour se résigner à ne devenir écrivain qu'à la nuit tombée. « Penser à Maupassant », ça voulait dire : je ne me fais pas remarquer au bureau, je courbe l'échine, je me confonds avec ma modeste fonction, jusqu'au soir où, une plume à la main, je suis le maître de Jean Dézert, je suis un matelot de la *Belle-Julie*, j'aborde aux îles de la Sonde, je règne sur mon royaume sans frontières de poèmes et de rêves.

Qui sait si Jean n'avait pas écrit ces quatre vers de *L'Horizon chimérique* en rentrant, harassé, de son bureau de la Préfecture où avaient défilé les malheurs et les colères de la grande ville :

Mon âme, loin des foules grises,
Dont le tumulte est odieux,
Se recueille, avant tout éprise
De la solitude des dieux.

Dire qu'il nous faudra vivre parmi ces gens,
Toujours ! Et pas moyen de rester solitaire !

L'Horizon chimérique

Rien ne m'intéresse de ce qui n'est pas mon ami. Chaque jour m'éloigne un peu plus de la vie réelle. Je me désocialise à une vitesse vertigineuse. Si je n'écrivais pas, je crois bien que je finirais par demander une place dans une maison de repos, peut-être même un asile, où j'attendrais la fin en bavant jaune sur ma chemise. Lorsque, au café, je feuillette un journal sur le zinc, je ne comprends rien à ce qui est imprimé. Mon œil et ma pensée glissent sur la page comme la pluie sur les plumes d'un canard. La dissolution de la CGT prononcée par le tribunal correctionnel de la Seine, le nouveau gouvernement d'Aristide Briand, le rétablissement des relations diplomatiques avec le Saint-Siège, le premier congrès du

Parti communiste à Marseille ou la proclamation d'indépendance de la République du Rif? Pas un seul de ces titres n'a de sens pour moi. C'est du charabia, comme une langue étrangère. Je ne saisis rien à une déclaration de Raymond Poincaré ou à une homélie de Mgr Achille Ratti, devenu pape sous le nom cocasse de Pie XI, alors que les cris des oiseaux dont Jean a peuplé son Horizon chimérique, *l'ibis, l'aigle, le flamant rose, le choucas, le toucan, la pie et le pivert, me parlent comme si j'étais l'un d'entre eux. Il m'arrive même, c'est dire, de leur répondre. Je roucoule, je zinzinule, je trompette, pauvre de moi.*

Annecy-le-Vieux,
août 1922

C'est une musique qui m'échappait. Les rares fois où j'en avais entendu des morceaux, je la soupçonnais de trop vouloir charmer, je la trouvais doucereuse, mielleuse, roublarde et d'un romantisme un peu scolaire. En vérité, je connaissais mal l'œuvre de Gabriel Fauré, et je n'en étais guère curieux. Mes oreilles avaient perdu à jamais, dans les tranchées, le goût des mélodies raffinées et des fantaisies de salon.

Seul Bach réussissait encore à imposer le silence aux gémissements des blessés, au sifflement métallique des balles, aux mugissements des grandes orgues de Guillaume. Seul, il avait sauvé ce qui restait, en moi, du croyant écartelé et du mélomane malmené. Chaque fois que l'occasion s'en présentait, j'allais écouter, dans les églises où je me cachais derrière des piliers, ses cantates, ses messes, ses oratorios qui me semblaient descendre du ciel à la verticale. Grâce à lui, avec lui, je n'avais pas honte de pleurer. Bach avait le pouvoir de calmer mes souffrances et même de leur donner un sens. Il clarifiait ce qui était confus, harmonisait mon clavier désaccordé. Les prières que j'avais cessé d'adresser à Dieu, dont j'avais désormais de bonnes raisons de me méfier, c'est à lui que je les destinais. Je voulais croire qu'il me comprenait et, parfois, qu'il me répondait en ajoutant mon petit désarroi à ses grandes partitions. Voilà pourquoi toute autre musique m'était indifférente et même suspecte.

Et puis j'avais été intrigué, en lisant *Le Matin*, par le compte-rendu d'une soirée donnée, le 13 mai 1922, à la Société nationale de musique. On racontait que M. Gabriel Fauré y avait créé sa nouvelle œuvre, et qu'elle était inspirée de *L'Horizon chimérique*. Cela m'intrigua. J'éprouvai aussitôt de la gratitude pour ce compositeur célèbre qui avait donc été bouleversé par le recueil d'un inconnu, de mon ami. Dans l'entretien, il expliquait avoir retrouvé, chez « ce garçon bordelais dont il ne savait presque rien, sinon la fin tragique », le souffle marin auquel il devait d'avoir écrit, autrefois, la *Chanson du pêcheur* ou les *Barcarolles*. Non sans mal, tellement l'ensemble du livre le faisait vibrer, il avait choisi quatre poèmes, dont les alexandrins étaient déjà de la musique, la sienne, disait-il avec modestie, se contentant de la prolonger. L'un commençait par

« La mer est infinie et les rêves sont fous »; l'autre par « Je me suis embarqué sur un vaisseau qui danse »; le troisième par « Vaisseaux, nous vous aurons aimés en pure perte. » Son préféré était le quatrième, qu'il avait habillé d'un délicat *mi* bémol majeur :

Diane, Séléné, lune de beau métal,
Qui reflètes vers nous, par ta face déserte,
Dans l'immortel ennui du calme sidéral,
Le regret d'un soleil dont nous pleurons la perte,

Ô lune, je t'en veux de ta limpidité
Injurieuse au trouble vain des pauvres âmes,
Et mon cœur, toujours là et toujours agité,
Aspire vers la paix de ta nocturne flamme.

Le journaliste du *Matin* ne tarissait pas d'éloges sur la voix chaude du baryton Charles Panzéra, dédicataire de l'œuvre, qui fut Albert dans *Werther* et Frédéric dans *Lakmé*, et sur le subtil doigté de la femme qui l'accompagnait au piano, Mme Magdeleine Panzéra-Baillot. Il admirait la manière dont le chanteur avait non seulement traduit le flux mélodique de Fauré, mais aussi transformé les poèmes rythmés de Jean en une longue phrase sans ponctuation, semblable à une plainte infinie dans le brouillard portée par la houle.

J'aurais bien le temps de les écouter un jour.

Rien ne pressait. J'étais simplement heureux. Jean gagnait, à mon insu, de nouveaux et surprenants adeptes.

Je laissai passer le printemps, consacrant l'essentiel de mes journées à classer des papiers déjà classés, à ordonner une masse de rapports contradictoires. Je n'en finissais pas de rassembler des traces, d'accumuler des preuves, d'archiver sa mémoire. Comme Jean à la préfecture de la Seine, je devenais peu à peu un fonctionnaire sourcilleux. À la différence près que mes grabataires à moi, c'était un homme mort non pas de vieillesse, mais de jeunesse. Que ferais-je de tous ces documents ? Ma foi, je n'en savais rien. Écrire un livre sur lui ? Cela n'intéresserait personne, ni les éditeurs ni les lecteurs. Faire don de mes épais dossiers à une bibliothèque ou une université ? Pour qu'elles les accueillent, encore eût-il déjà fallu que les écrits de Jean fussent publiés. Certains jours, j'avais l'impression de nager à contre-courant dans une eau sans fond, au risque de me noyer. Et pourtant, je continuais à tenter de reconstituer, mois après mois, la vie fuyante de mon énigmatique ami. J'adressais des lettres, qui restaient parfois sans réponse, à ses proches, ses amis, des voisins de l'île Saint-Louis, des connaissances bordelaises, des anciens du 57e régiment d'infanterie — ceux du moins qui acceptaient de se rappeler ce qu'ils s'efforçaient d'oublier —, afin d'obtenir un simple détail, un souvenir, une photographie, un poème, une douille, un coutelas, le moindre gage d'existence. Même une chemise usagée ou une fleur séchée glissée dans un livre m'auraient intéressé. J'étais parfaitement conscient de ressembler à l'un de ces collectionneurs maniaques dont les pièces les plus rares suscitent une curiosité goguenarde, une sorte d'archéologue névrotique appliqué à dépoussiérer une statue de sable fin ou une momie qui se décomposerait au grand jour. Peut-être allais-je sombrer dans la folie. Constance ne manquait jamais une occasion de me menacer de cette perspective. Elle me répétait sans cesse que j'y perdrais la santé et mes esprits. Que ma fidélité à Jean était un leurre. Et que je cherchais moins, en noircissant des pages, à le faire revivre qu'à effacer ma culpabilité de lui avoir survécu. En fait, je me donnerais bonne conscience. Je me sauverais à travers lui. Je tendrais, pour me plaire, un miroir à un fantôme. C'était cruel, mais ce n'était pas faux.

⋆

À la fin du mois d'août, je partis seul, en train, pour Annecy-le-Vieux. J'avais appris en effet qu'on y organisait, entre lac et montagne, un festival Gabriel Fauré au Casino. La chance voulut que, le soir de mon arrivée, on y donnât *L'Horizon chimérique*. Devant un public de notables endimanchés et de curistes fortunés, j'entendis enfin les vers de Jean chantés d'une seule coulée, comme si les mots étaient des notes. Il y avait quelque chose de grégorien dans la mélodie. Elle me faisait penser aussi à la longue phrase de Marcel Proust, dont je venais de lire, fasciné, *Du côté de chez Swann* et *À l'ombre des jeunes filles en fleurs*. Était-ce beau ? Ma foi, j'étais incapable d'en juger. Du moins était-ce fidèle aux rêves d'un garçon resté à quai, à son débordant lyrisme et à sa mélancolie grave — « Ô ma peine, ma peine, où vous ai-je laissée ? » Moi seul, dans cette grande salle où se serraient de vieilles vanités dans un parfum collant de poudre de riz et d'eau de Guerlain, savais qui avait écrit ces alexandrins marins, à quel âge, combien le titre de l'œuvre était prémonitoire et l'horizon, inatteignable. Le public était au spectacle, j'étais dans mes souvenirs. On s'ignorait.

Assis au premier rang, M. Fauré semblait recueilli. De ma place, j'observais son profil maigre aux épaules tombantes. Recroquevillé par la sclérose sur une chaise de velours pourpre, il s'écoutait sans donner l'impression d'y prendre du plaisir. Son visage osseux exprimait une fatigue sèche, que prolongeaient, vers le bas, de longues et buissonneuses moustaches blanches. Il avait soixante-dix-sept ans, mais n'avait plus d'âge. À la boutonnière de son complet-veston brillait l'insigne de grand-croix de la Légion d'honneur. Il avait le visage raffiné et triste du maréchal Lyautey, le Lyautey de la fin, enfermé dans son manoir lorrain de Thorey, lointaine dépendance du protectorat dont chaque pièce, chaque meuble, chaque bibelot, chaque miroir évoquait le passé marocain et le prestige révolu.

Au moment des applaudissements, M. Fauré se leva, salua ses admirateurs, reçut un bouquet d'une fillette blonde en costume savoyard, coiffa son melon et, s'appuyant sur une canne, s'en alla à petits pas. Je l'abordai sur les marches du Casino.

— Maître, excusez-moi de vous importuner, mais j'aimerais que vous m'accordiez une entrevue. Je m'appelle Louis Gémon. J'étais un ami très proche de l'auteur de *L'Horizon chimérique* et j'ai combattu à ses côtés.

Il me serra la main avec solennité.

— Merci, jeune homme, je suis heureux que ma musique vous ait plu.

— Elle m'a d'autant plus touché que je connaissais Jean de La Ville de Mirmont...

— Oui, c'est cela, je vous souhaite une bonne nuit. Et notez bien que ma *Messe basse* sera donnée demain après-midi à l'église !

M. Fauré continua lentement son chemin dans la nuit. J'étais décontenancé par tant de froideur et une telle indifférence. C'est alors qu'un homme à l'accent allemand m'aborda.

— Ne soyez pas surpris, monsieur. Cela fait vingt ans que le maître n'entend plus. Ou presque plus. Sa propre musique ne résonne que dans sa tête. Il en est réduit à l'imaginer. C'est terrible d'être sourd. Pour un grand musicien, c'est un calvaire. Il ne sait rien, le pauvre, du bonheur que nous avons eu à écouter ce soir *L'Horizon chimérique*. Pardonnez mon indiscrétion, mais s'il avait compris que vous étiez un ami de l'auteur des poèmes, je crois qu'il vous aurait embrassé. Envoyez-lui plutôt un mot. Il habite Les Charmilles, une maison qu'il loue sur les hauteurs à la famille Dunand. Je suis certain qu'il sera heureux de vous y recevoir.

Je suivis le conseil de l'inconnu, et déposai dès le matin une lettre à l'attention du compositeur en lui rappelant brièvement ce qu'il n'avait pas entendu. Le soir même, une enveloppe m'attendait à l'hôtel. Gabriel Fauré m'invitait à prendre, le lendemain, le thé chez lui.

*

Un plaid sur les genoux, il était assis au milieu des rosiers, dans un fauteuil d'osier d'où, quand il levait la tête de la *Correspondance* de Flaubert, qu'il semblait lire comme s'il en était le destinataire, il pouvait voir le lac miroiter à travers les arbres. Sur une table basse, un cendrier était rempli de mégots écrabouillés. Le maître fumait beaucoup, et toussait. Ses moustaches blanches étaient jaunies par la nicotine. Lorsqu'il me vit, il me prit les mains et les serra longuement.

— Ainsi donc, vous avez connu La Ville de Mirmont !

— Oui, maître, c'est la raison pour laquelle je voulais vous rencontrer.

— Parlez fort, je vous prie, je suis sourd.

M. Fauré regarda fixement mes lèvres comme pour tenter d'y lire ce que ses oreilles n'arrivaient plus à percevoir. J'esquissai, en articulant, un bref portrait de Jean, mais très vite les yeux humides du vieil homme exprimèrent un désarroi pathétique. Je saisis alors qu'il renonçait à me comprendre. Un silence suivit, qui me parut interminable. Pour moi seulement les oiseaux chantaient sous les frondaisons. La chaleur était étouffante. M. Fauré avait froid. Il se mit à parler, je devrais dire : à soliloquer.

— J'ai toujours lu de la poésie. Ah, la poésie... Sans elle, je ne sais pas si j'aurais écrit de la musique. Il me suffit d'ouvrir un recueil de Verlaine, que j'ai bien connu, pauvre Verlaine rongé par l'alcool et la misère, un livre de Baudelaire, d'Hugo, de Richepin, de Leconte de Lisle, de Samain, de Silvestre ou de Van Lerberghe pour que s'impose aussitôt une mélodie. Mon goût me porte en priorité au Parnasse, au symbolisme, au romantisme. Mais le pire, voyez-vous, c'est que je fais aussi mon miel de mauvais poèmes, pourvu qu'ils m'évoquent un regret, qu'ils me rappellent un parfum, une sensation, une lumière d'autrefois. Une simple rose fanée, rouillée, les ciels rougeoyants où le soleil se couche, le son du cor dont Verlaine dit si bien qu'il « s'afflige » au fond des bois, tout cela m'émeut. Suis-je niais, vous ne trouvez pas? À mon âge! Je vais vous faire une confidence : cette sensiblerie remonte à l'époque où la jeune femme avec qui j'étais fiancé a rompu notre lien sans prévenir, sans raison. Jamais je ne me suis senti autant humilié. Car Marianne, elle se prénommait Marianne, la belle noiraude, tournait le dos à la fois à son futur mari et au compositeur. J'ai connu alors des mois de spleen. C'était il y a plus de trente ans. Encore aujourd'hui, je cède à cette mélancolie que Marianne a provoquée et que les poètes expriment si bien. Ils ont des métaphores comme les peintres ont des couleurs. Je me contente de glisser ma petite chanson triste entre ces deux palettes. C'est ma seule ambition...

D'une main qui tremblait, il alluma une cigarette, en aspira la fumée comme on cherche sa respiration, se redressa dans son fauteuil, mit un châle sur ses épaules malgré la chaleur. Il ne me regardait plus. Le cou raidi par le col dur, il semblait s'adresser aux arbres. Et après un long silence :

— J'ai tout de suite été sensible aux poèmes de Jean de La Ville de Mirmont. Il m'a vengé de mon impuissance à transcrire autrefois l'*Invitation au voyage*, de Baudelaire. J'ai pourtant essayé, si vous saviez! mais je n'y arrivais pas. Ses vers me résistaient. Avec *L'Horizon chimérique*, il s'est passé quelque chose de fabuleux. Vous ne me croirez pas, mais je n'ai pas du tout travaillé. Dès ma première lecture, les mélodies étaient là. Il m'a suffi de les recopier. De recopier une évidence. J'avais trouvé dans ces poèmes la simplicité à laquelle, depuis longtemps, j'aspire en musique. Car je n'ai jamais goûté les grands orchestres, les grosses machines, le tsoin-tsoin, les instruments à vent, les tempêtes qui beuglent... Dans ma musique, je veux de l'intimité et du ruisseau de montagne. J'ai la certitude que La Ville de Mirmont était comme moi : il tendait vers la pureté intérieure.

Soudain, M. Fauré tourna vers moi son visage ambré et, la crispant, accrocha sa main osseuse à mon avant-bras.

— Vous savez, je n'entends presque plus rien, mais je comprends tout. Je sais ce que vous voudriez me demander, vous qui avez servi à ses côtés, vous qui l'avez vu mort. Eh bien, je vais vous le dire. J'étais trop vieux pour faire la guerre. Oh, j'avais bien participé aux combats pour lever le siège de Paris en 1870, mais c'était très loin et tellement moins affreux que ce dans quoi vous avez tous les deux été précipités. Pendant que vous sortiez en criant des tranchées pour affronter l'ennemi, j'habitais une jolie maison à Saint-Raphaël, avec une vue imprenable sur la mer bleue et le massif violet des Maures, où j'écrivais des *Nocturnes* pour piano, des *Sonates* pour violon, des *Barcarolles*... Des *Barcarolles* ! J'étais affreusement épargné et inspiré. Votre jeunesse s'enlisait dans la gadoue tandis que mon grand âge marchait pieds nus sur le sable blanc et chaud. Après, je suis allé à Évian pour mettre un point final à ma *Fantaisie pour piano et orchestre* alors que les canons allemands menaçaient d'atteindre Paris et que mon fils, Philippe, risquait sa peau dans les Dardanelles avec le 3e régiment de zouaves. Une *Fantaisie*, rendez-vous compte ! et son *allegro vivace*, et sa légèreté, et son brillant, et sa claironnante inutilité. Mon Dieu... De cette époque-là, il me reste, comment dire, un goût amer dans la bouche. Donner ma musique à votre ami Jean, c'est une façon de prolonger son existence, de lui accorder un sursis. Vous auriez tort de me remercier — c'est bien cela que vous vouliez me dire, non ? — d'avoir fait connaître ses vers en les transposant, car je lui suis au contraire reconnaissant de m'avoir permis de payer ma dette, d'apaiser un peu ma conscience. Je vais vous raconter une histoire. Juste après l'Armistice, on m'a obligé à mettre en musique un poème sur la paix, signé par une certaine Debladis, oui, c'est ça, Georgette Debladis, que *Le Figaro* avait publié à la suite d'un concours lancé auprès de ses lecteurs. C'étaient d'exécrables et grandiloquents vers de circonstance. J'en ai enlevé la moitié et même changé des mots, la dame était furieuse. Mais bon, le compositeur officiel que j'étais a rempli ce jour-là sa tâche patriotique, a remis sa partition tricolore, son ode aux poilus. Et je n'en suis pas fier. Alors que, de *L'Horizon chimérique*, je suis fier, si vous saviez...

Il me proposa de faire le tour du jardin. Je l'aidai à se lever. Il était si léger. Je m'accordai à sa lente progression sur l'herbe molle où sa canne s'enfonçait. Il s'arrêta devant un parterre de fleurs jaunes et rouges.

— Il me reste au moins la faculté de sentir. Comme ces parfums me parlent, comme ils sont mélodieux...

Lui dont on m'avait dit combien, lorsqu'il dirigeait le Conservatoire national de musique et de déclamation, il avait été tyrannique, intransigeant, hautain, ressemblait maintenant à un petit enfant égaré dans une forêt profonde.

— Les forces m'abandonnent et je me laisse dépouiller. Je n'oppose même plus de résistance à la souffrance. Vous, vous êtes jeune, mais moi, j'ai fait mon temps. Je n'entends plus, je vois de moins en moins, et je marche dans ma vinaigrette comme un vieux crabe immangeable. Quel désastre ! Il faut en finir. Je n'ai pas peur de la mort parce que ce sera une délivrance. Désormais, je l'attends avec impatience. Et dire qu'elle a saisi votre camarade dans la fleur de l'âge ! Comme c'est étrange, le destin. Je me traîne vers mon tombeau alors que Jean de La Ville de Mirmont y est tombé en pleine santé et qu'il avait la vie devant lui. Il a été empêché d'écrire son œuvre. À la mienne, il a manqué l'urgence. Elle a suivi le cours des âges, elle a pris du poids, des bourrelets confortables, aujourd'hui elle est trop lourde. Je sais bien qu'après ma mort, on dira d'elle : « Ce n'était que ça... »

D'une main exaspérée, il arracha des roses fanées, marronnasses, qui pendouillaient à sa hauteur et, sèchement, mit fin à notre entretien.

— Merci de m'avoir rendu visite. Il faut que je rentre maintenant. C'est l'heure de ma sieste. Ah, si je pouvais m'endormir et ne pas me réveiller.

Je le regardai s'éloigner, de dos, tête basse, vers la maison sur le perron de laquelle une femme l'attendait, les poings sur les hanches, comme une maîtresse d'école qui s'apprête à punir l'élève indiscipliné. M. Fauré avait trop parlé. La récréation était finie.

Je quittai les lieux avec tristesse. C'était ce vieillard époumoné qui avait fait chanter Jean et je ne savais plus que penser. Au loin, sur le lac, le soleil commençait à se coucher en riant jaune.

Et puis, dans le jardin, au cœur des étés mous,
Que le parfum de la terre humide était doux.

Poèmes marins,
1911

Je me souviens des jours, si rares, où les canons se taisaient. Terrés dans notre tranchée, nous attendions l'ordre de monter à l'assaut, qui ne venait pas. Le temps était alors suspendu. La guerre elle-même semblait dans l'expectative. Loin de nous, dans des bureaux propres, l'état-major réfléchissait sans doute à de nouvelles et savantes stratégies. En face, c'étaient le même silence énigmatique et les mêmes ombres figées. Les nuages bas profitaient de l'accalmie provisoire pour reprendre leur place dans un ciel au repos. On entendait soudain des alouettes grisoller, indifférentes aux choucas qui picoraient, sans être inquiétés, la chair fraîche de nos morts éventrés sur le champ de bataille à l'abandon. Miracle, l'air ne puait plus la poudre. C'est le moment que nous choisissions, Jean et moi, pour jouer aux odeurs. Nous levions la tête jusqu'au bord de la tranchée et respirions à pleins poumons. C'est à qui, le premier, sentirait les parfums de l'herbe fauchée, des tilleuls, des feuilles mortes, des résineux, des buis, du colza, de la rivière poissonneuse, ou des feux de cheminée dont nous voulions croire que la brise, profitant du cessez-le-feu, les avait conduits en procession jusqu'à nous. À ces effluves réels ou imaginaires, nous ajoutions peu à peu les arômes de nos enfances respectives, réglisse, cacao, muguet, lait mousseux, corne de cheval brûlée, et la journée se finissait dans une fête des sens qui nous emmenait à mille lieues de notre boyau putride. Le jeu cessait avec la distribution de la tambouille, et son écœurant remugle de gras-double plongé dans un bouillon de pois.

Paris, juin 1928

Un mot bref, mais ferme, de François Mauriac m'avait précédé rue des Saints-Pères. Je n'avais pas encore rencontré l'auteur du *Désert de l'amour*, mais, sachant les liens fraternels qui l'avaient autrefois attaché si fort à Jean, je lui avais écrit afin qu'il voulût bien m'introduire auprès de son éditeur, qu'il n'aimait guère, paraît-il, et jugeait trop camelot, mais dont la redoutable influence l'impressionnait. J'étais pour ma part convaincu que seul Bernard Grasset, à qui tant d'inconnus devaient d'être devenus célèbres, pourrait m'aider à sortir mon ami disparu de la nuit.

Car j'avais, jusque-là, toqué en vain à des portes restées closes. On me faisait comprendre qu'un petit roman et une poignée de poèmes ne formaient pas une œuvre, que Jean était mort trop tôt, et qu'il était temps de tourner la page, au sens propre. On me reprochait ma fidélité à un garçon qu'il valait mieux laisser dormir tranquille au champ d'honneur. La Grande Guerre, on ne voulait plus en entendre parler. D'ailleurs, me confia un journaliste à bedon et rouflaquettes du *Temps*, chargé des échos littéraires, elle ne se vendait plus guère; elle avait, me dit-il en riant de son bon mot, « du plomb dans l'aile ». Et il m'enjoignit sèchement de sortir de ma tranchée, de regarder plutôt du côté de l'avenir.

— Bon sang, vous êtes encore jeune, profitez de la vie et cessez de vous tourmenter pour quelques cahiers d'écolier pleins de taches! Rien ne vous rendra votre camarade, surtout pas un maigre volume de textes appliqués, quand ils ne sont pas inachevés... Et puis, cette double particule, franchement, vous ne trouvez pas ça trop ronflant? Vous imaginez un nom pareil sur une couverture? Jean de La Ville de Mirmont! Ça sent le duc en croisade, le marquis au bal masqué, le comte à la chasse, mais pas le poète du *City of Benares* dont vous me parlez avec de ridicules sanglots dans la voix...

Et il s'esclaffait, l'imbécile, et il répétait à tue-tête jeandelavilledemirmont, jeandelavilledemirmont, dans le café bruyant du boulevard des Italiens où, l'haleine puant le Byrrh, il m'avait accordé cette brève entrevue. J'y mis fin en me levant et en le traitant de « pauvre type ». Il haussa les épaules.

— Et vous, monsieur, vous êtes sinistre!

Qu'importe, j'étais obstiné et convaincu de la valeur des écrits de Jean. Rien ni personne ne pouvait me faire douter. Cela tenait moins de la raison que de la foi. Je croyais à *L'Horizon chimérique*. Je croyais à l'éternité de ce jeune rêveur. Je croyais à la modernité de son chagrin. Et je pressentais que le « souffle humide d'embrun et brûlant de salure » caresserait les cœurs des générations futures. Plus le temps passait, plus pourrissait le corps de mon ami, et plus ses mots étaient vivants.

La veille de mon rendez-vous avec Bernard Grasset, afin de calmer mon trac, je relus d'une traite *Les Dimanches de Jean Dézert*. J'avais beau le connaître par cœur, dès la deuxième phrase, je fus saisi par ce charme triste, cette détresse laconique et ce fatalisme désolé qui donnaient à penser que ce bref roman n'aurait jamais de suite, qu'il était déjà une manière d'adieu. Mais un adieu sec, chuchoté, dépourvu de tout romantisme.

« À moins de le bousculer au passage, vous ne le distingueriez pas de la foule, tant il est vêtu d'incolore. Il porte un faux col trop large et une cravate quelconque. Les jambes de ses pantalons, ainsi que les manches de ses vestons, se plient d'elles-mêmes aux genoux et aux coudes. Ses pieds tiennent à l'aise dans des chaussures fatiguées. Que dire de plus pour le dépeindre, sinon que de sa longue figure dont il rase soigneusement les joues, seules ses grandes moustaches étonnent ? On conçoit difficilement leur rôle, voire leur utilité dans une physionomie d'aspect aussi discret... »

C'est son emploi de fonctionnaire à la préfecture de la Seine, où il avait la charge des femmes et des hommes dont « la seule distraction est la migraine », qui avait inspiré à Jean, alors âgé de vingt-cinq ans, le personnage de Jean Dézert. Né comme lui dans une famille protestante du Sud-Ouest, Jean Dézert dit qu'« il a plu des escarbilles sur son enfance bornée par un horizon de cyprès ». Il n'a jamais voyagé, sauf pour aller à Paris, où il est devenu rond-de-cuir au ministère de l'Encouragement au Bien, direction du matériel. Il y attend à la fois de l'avancement, l'heure de la retraite et déjà la mort. Lecteur infatigable de l'*Annuaire du Bureau des longitudes*, il consacre ses dimanches à égayer sa solitude et tromper son ennui en répondant aux prospectus publicitaires. « Car il n'aime pas la manille ni la politique, et ne sait pas discuter. » Il laisse au hasard le soin de le commander, se fait masser par des aveugles aux Piscines d'Orient et couper ras les cheveux pour cinquante centimes par un ténor toulousain au Lavatory rationnel, où l'on prodigue en outre des soins antiseptiques. Il expérimente la « nutto-crème d'arachide », « le protose aux pignons de pin » et le « banana butter » dans un restaurant végétarien et antialcoolique de la rue de Vaugirard. Il consulte une voyante, Mme Thérésa de Haarlem, qui ramène les amitiés perdues et assiste, dans une pharmacie, à « une conférence gratuite sur l'hygiène sexuelle, agrémentée d'auditions musicales ». Pour ce garçon décharné et puceau qui se souvient à peine d'avoir courtisé une institutrice allemande et « une dame de comptoir », le seul imprévu a le visage d'une jeune fille portant un chapeau cloche, Elvire Barrochet, dont le père est négociant en « objets de deuil ». Il la rencontre devant le bassin des otaries, au Jardin des Plantes, et l'accompagne jusqu'à la fosse aux ours blancs, sur lesquels elle répand une pluie de miettes de biscuits. Ils promettent de se fiancer, tentent une expédition à Viroflay, visitent le musée Grévin, les catacombes et les arches du pont Royal, montent au sommet de la colonne de la Bastille — « J'aime tant les ascensions », s'exclame Elvire. Mais l'aventure finit par tourner court. À son promis, elle trouve la figure trop « longue ». Il ne reste plus à Jean Dézert qu'à rater, un dimanche, son suicide, après une existence également ratée, qu'il envisage comme « une salle d'attente pour voyageurs de troisième classe ».

Un soir d'accalmie, près de la ferme du Metz, lorsque les obus avaient soudain cessé de pleuvoir et que, protégés par des gabions, on mangeait une soupe au vin dans nos bouthéons cabossés, Jean m'avait dit avoir écrit avec beaucoup d'amusement cette fantaisie bougonne, cette sotie qui tire sa drôlerie de son trop-plein de tristesse, et avoir fait beaucoup d'efforts pour garder son sérieux, tellement son personnage était grotesque.

— Tu sais, je n'ai même pas pris la peine d'inventer. J'avais un modèle, le *Paludes* de Gide, et ensuite je me suis servi de ma propre vie d'alors, je me suis servi *dans* ma propre vie. J'ai attribué à Dézert des origines bordelaises et je l'ai logé dans ma piaule de la rue du Bac. J'avais fini par me résigner, moi aussi, à la médiocrité. Sans cette fichue guerre, je m'y serais sans doute installé pour longtemps. C'est confortable, la médiocrité... Pour autant, je ne le méprisais pas, ce garçon aspiré par le vide. D'ailleurs, c'est impossible d'écrire sur quelqu'un de méprisable. Disons plutôt que j'avais pitié de lui.

Jean m'avait promis de me donner un exemplaire sur vergé d'Arches des *Dimanches de Jean Dézert* lorsque la paix serait revenue. D'un air désabusé, il m'avait avoué qu'il ne s'en était pas vendu vingt exemplaires, chacun coûtant quatre francs. Presque tout le tirage, limité à trois cents volumes, dormait encore chez lui, dans des caisses que les mites et le moisi avaient dû ronger. Imprimé chez Crémieux, à Suresnes, et paru au printemps de 1914 chez Jean Bergue, rue de Condé, à Paris, sous une couverture gris souris, son roman avait été publié à compte d'auteur. Pas un critique n'avait daigné l'ouvrir. Et pas d'articles, pas de lecteurs. À peine né, Dézert était déjà mort.

— Je n'ai même pas tenté de le faire connaître, me dit Jean ce soir-là, en tirant sur sa bouffarde.

L'ordre de mobilisation approchait, et je n'avais plus d'illusions. Il fallait abandonner le grattoir pour le fusil, et j'avais compris que la notoriété s'acquiert par des procédés dont je me sentais incapable. Désormais, sais-tu, on lance un livre de la même manière qu'on a lancé les pastilles Géraudel ou le cacao Bensdorp. Il faut croire, mon Louis, que je manquais des qualités nécessaires. Peut-être, comme le pensait Stendhal de son œuvre, ne serai-je lu et compris qu'au siècle prochain !

Ce que, par un étrange mélange d'intégrité, d'humilité et de fierté, Jean n'était pas disposé à faire, je pouvais en revanche y travailler. Et il m'importait peu d'en appeler à un commerçant, pourvu qu'il donnât une seconde chance à mon ami qui en avait tellement manqué. Au jeune Radiguet, disparu il y a cinq ans, qu'il surnommait « Bébé Cadum », Bernard Grasset n'avait-il pas offert la consécration ? N'avait-il pas vendu, en même temps que *Le Diable au corps*, la précocité de son auteur ? Je me souvenais encore de mon étonnement lorsque j'avais vu au cinéma, dans les Actualités Gaumont, cette scène protocolaire où, assis à son grand bureau en bois sombre, Bernard Grasset signait le contrat qui allait le lier à Raymond Radiguet, cet adolescent aux yeux chinois et aux gros sourcils, tout timide et très sombre, figé dans un costume trop grand. N'empêche : la réclame avait réussi au-delà de ses espérances. Dans tout le pays, on s'était arraché

Le Diable au corps comme des savonnettes à la lavande.

Avant de m'endormir, je me promis qu'on s'arracherait *Les Dimanches de Jean Dézert* et qu'on parlerait un jour de Jean de La Ville de Mirmont aux Actualités Gaumont.

Paris, juin 1928

Malgré la fenêtre ouverte sur une cour intérieure, son bureau sentait la vieille nicotine à en avoir la nausée. Bernard Grasset fumait comme du bois moussu à la Toussaint. Un porte-cigarettes en nacre donnait du raffinement à son addiction. Il avait le teint jaune, des yeux bleu-gris et une courte moustache de ministre aux Transports qui ne dépassait pas la largeur des narines. Malgré la tiédeur de l'air, il portait un costume de tweed trois pièces et une cravate en laine noire.

Pour accéder à lui, j'avais longé, au rez-de-chaussée, la très agitée salle des expéditions et des ventes, gravi un escalier en bois pour accéder à l'étage, où l'écrivain Henry Poulaille gouvernait avec autorité la salle de presse. Sur une table étaient exposés, à l'intention du visiteur, sommé d'être épaté, des numéros du *New York Times* qui venait de consacrer Bernard Grasset « plus grand des éditeurs ». Avec une componction de chambellan,

Louis Brun, son principal collaborateur, m'introduisit à pas lents dans l'antre du patron.

Il travaillait, ou s'appliquait du moins à le montrer. Sans quitter ses papiers des yeux, tenant dans une main un crayon et dans l'autre sa cigarette, il me pria de m'asseoir.

— Je suis à vous dans quelques instants.

La voix était cuivrée. J'inspectai les murs. Une grande réclame aux couleurs criardes vantait le triomphe de *Maria Chapdelaine*, le roman de Louis Hémon : « 600 000 exemplaires vendus. » À côté était encadrée l'affiche de *Vient de paraître*, la pièce d'Édouard Bourdet qui se jouait depuis presque un an à guichets fermés au Théâtre de la Michodière. Le dramaturge y représentait l'homme grincheux qui était en face de moi sous les traits de l'éditeur Moscat, un fin stratège de l'imprimé qui manœuvrait, ainsi que des bataillons, ses auteurs, les critiques, les jurés de prix, les salons, la Chambre, les ambassades, avant de prendre d'assaut le public. Ainsi Bernard Grasset s'entourait-il de ses titres de gloire. Il ne se détestait pas. Et soudain, relevant la tête :

— Alors, comme ça, vous êtes un héros de la Grande Guerre ?

— Un héros, non, monsieur, un simple soldat...

— J'ai eu plus de veine que vous, j'y ai échappé de justesse.

Il ricana. Un long silence suivit pendant lequel il

fixa la fenêtre d'un regard affolé, presque inquiétant. On m'avait raconté sans indulgence la manière dont l'éditeur avait fui, avant même de monter au front. Appelé sous les drapeaux en août 1914, avec le grade de sergent, il avait rejoint son régiment, le 122e, à Rodez, mais n'avait pas supporté l'encasernement. Au bout de quelques jours, ses hommes l'avaient vu trembler de panique et pleurer comme un gamin perdu à la foire. Dès septembre, il avait été admis à l'hôpital militaire. Son oncle neurologue avait alors diagnostiqué complaisamment un trouble psychique profond, « l'obusite », pourtant réservée aux traumatisés des tranchées, aux poilus que les bombardements avaient décérébrés, aux rescapés hallucinés de l'enfer. L'obusite, allons donc ! Bernard Grasset, qui ne manquait jamais une occasion de se proclamer patriote, n'avait rien connu de tout ça. Ni le feu ni la gadoue. Embusqué de la première heure, il avait passé la guerre sous abri, alternant les séjours dans les maisons de santé provençales et les palaces helvétiques, les cures de sommeil, les séances d'hydrothérapie et les mets fins, mais sans sel. Peureux, mais aussi mythomane, il écrivait à ses auteurs des lettres dans lesquelles il prétendait avoir été évacué du front après avoir contracté la fièvre typhoïde. Il avait attendu décembre 1918 pour retrouver son bureau régalien de la rue des Saints-Pères en même temps qu'il était frappé d'indignité nationale.

— Votre ami est mort jeune, n'est-ce pas ?

— Il a été enseveli par un obus en novembre 1914, au Chemin des Dames. Il avait vingt-huit ans.

— C'est presque un vieux. Quand je pense à mon pauvre Raymond.

— Raymond ?

— Radiguet, un feu follet, une étoile filante. Dieu qu'il était doué, ce mauvais garçon. Rendez-vous compte. À moins de vingt ans, *Le Diable au corps*, un chef-d'œuvre, un miracle, mais aussi *Le Bal du comte d'Orgel* et *Les Joues en feu*... Ah, *Les Joues en feu* ! Dites, j'ai lu les poèmes et le roman de votre camarade, c'est bien.

— Si vous me permettez, monsieur, c'est mieux que bien.

— Non, c'est bien. Mais pas facile à vendre. D'autant qu'ils ne se ressemblent pas : les poèmes sont brûlants et le roman est glacial. Mais bon, je vais les publier. Mauriac, qui est têtu comme un archevêque, a d'ailleurs beaucoup insisté. Il m'a promis d'écrire une préface. Toujours ça de pris. Reste qu'il faudrait trouver autre chose pour appâter le lecteur. C'est la raison pour laquelle je vous reçois : j'ai besoin de vous, Jacques.

— Louis, monsieur. Louis Gémon.

— Pardon. J'ai besoin de vous, Louis.

À travers son nuage de fumée, Grasset me dévisageait de ses yeux écarquillés de chouette chevêche. J'étais partagé entre le bonheur d'apprendre qu'il éditerait les textes de Jean et la gêne de découvrir qu'il en espérait déjà des bénéfices. Ses raisons littéraires passaient bien après ses arguments commerçants.

— Depuis que je suis éditeur, j'ai un secret : je crée le besoin avant d'avoir le souci de le satisfaire. Avouez que ça m'a réussi jusqu'à présent.

— *L'Horizon chimérique* ou *Les Dimanches de Jean Dézert* n'ont pas besoin d'escorte, ils se défendent tout seuls.

— Détrompez-vous. Je dois faire connaître Jean de La Ville de Mirmont avant qu'il ne soit connu. S'il suffisait, pour vendre un livre, que l'auteur ait du génie, ça se saurait. (Il riait.) Tenez, j'ai une bonne amie, une femme du monde tout ce qu'il y a de plus élégant, elle tient salon à Passy comme, autrefois, Mme du Deffand ou Julie de Lespinasse. Elle reçoit chaque mardi des académiciens, des ministres, des maréchaux et même des cardinaux, qui sont les plus prescripteurs de tous. Imaginez que je mensualise la dame afin qu'elle vante les nouveautés de la maison Grasset en passant les petits fours. Et ça marche ! Comment va-t-elle lancer la rumeur autour de notre Jean de La Ville pour qu'on en fasse cent mille ? Et comment convaincre *Le Gaulois* d'en publier les bonnes feuilles ? Et avez-vous au moins une photo de lui ? Et dans la lettre que j'adresse chaque mois à quarante personnalités parisiennes, je mets quoi, hein, je mets quoi ?

— Je ne sais pas, moi, dites-lui seulement que Jean n'a pas eu le temps de vivre, mais que ses écrits lui survivent.

— Voilà, on approche. On va vendre la précocité, le talent fauché au moment où il commençait de s'exprimer, l'accidenté de l'Histoire... L'œuvre romantique d'un jeune mort pour la France. Ça vous va?

Je baissai la tête. J'avais un peu honte. Je pensais à mon ami, mon frère d'armes, si plein d'illusions, même sous la mitraille. Que penserait-il de moi, forcé aujourd'hui de trouver un slogan pour que son œuvre plaise à l'époque et soit servie aux notables avec des financiers et des religieuses au chocolat?

Sur le monde fermant la porte
Et tisonnant mon poêle éteint,
Je rêve à des planètes mortes
Comme à des paradis lointains.

Je me levai pour partir. Bernard Grasset prit alors sur son bureau deux volumes, qu'il me dédicaça : *Remarques sur l'action* et *Psychologie de l'immortalité.*

— Moi aussi, j'écris. Lisez-les. Ce sont des recueils de pensées et d'aphorismes. J'aimerais bien avoir votre avis. Mes proches me disent que c'est digne de

La Rochefoucauld et de Vauvenargues. Mais ils exagèrent un peu. Je compte sur votre impartialité. Et vous, comptez sur moi, Jacques, enfin, Louis, pour faire connaître votre ami. Ah, la saleté de guerre.

Nous serons vainqueurs — avec le temps.

À sa mère,
23 octobre 1914

Je me suis fait avoir, comme tant d'autres petits épargnants que Marthe Hanau a très habilement trahis et abusés. Oh, mes pertes sont dérisoires, j'ai si peu d'argent. Mais j'ai eu la naïveté de suivre les conseils qu'elle prodiguait dans sa Gazette du franc, *et j'ai acheté, par paresse, une poignée d'actions et d'obligations dont on découvre aujourd'hui que c'était du vent. La banquière fantoche a donc été arrêtée, incarcérée à la prison Saint-Lazare et elle devra répondre devant la justice des cent millions de francs qu'elle a escroqués. Tous les hommes politiques briandistes, ministres, députés, sénateurs, dont elle a obtenu le soutien contre d'obscurs financements tombent avec elle, les uns après les autres, comme les cartes d'un château. C'est un spectacle abject. Faute d'être fortuné, je ne suis pas ruiné. Et de toutes les manières, j'ai toujours assez de mon petit salaire d'assistant notarial pour vivre au jour le jour. Ma colère n'est pas d'un épargnant grugé, elle est celle d'un rescapé trompé. Nous étions partis pour la guerre afin de défendre un pays. Un million et trois cent mille des nôtres ont péri au nom de cet idéal. Et dix ans après l'Armistice, la France pourrit par sa tête. Je suis dégoûté. Si j'en avais la force et les moyens, je m'exilerais.*

Bordeaux, janvier 1929

Je suis arrivé trop tard à Bordeaux. J'arrive toujours trop tard. J'aurais tant aimé faire la connaissance d'Henri de La Ville de Mirmont, et comprendre pourquoi il était si intimidant. Je me rappelle les rares fois où Jean me parla de son père : c'était en baissant soudain la voix et les yeux. Il paraissait saisi par un mélange de respect, d'admiration et de peur enfantine. Il rassemblait ces sentiments confus dans un énigmatique et pesant « Oh, mon père, c'est quelqu'un... »

Or, ce quelqu'un était mort, en 1924, à soixante-six ans, dans cette ville qu'il avait en même temps gouvernée et instruite. On me raconta que, pour ses funérailles, les drapeaux avaient été mis en berne et qu'un détachement de fantassins avait rendu les honneurs sur le parvis du temple des Chartrons, où ses élèves se mêlaient à ses administrés sans qu'on sût lequel des deux groupes était le plus reconnaissant.

Normalien, ancien professeur de rhétorique aux lycées de Bayonne et de Pau, il avait enseigné la langue et la littérature latines à la faculté de Bordeaux, tout en acceptant la lourde charge d'adjoint au maire. Le fauteuil de Michel de Montaigne était alors occupé par un Belge, Fernand Philippart, qui dirigeait la plus grosse huilerie girondine et jugeait sinon précieux, du moins avantageux, d'être assisté, dans la gestion de la ville, par un protestant rigoureux, doublé d'un spécialiste reconnu du droit romain. Traducteur des *Discours* de Cicéron, de *La Moselle* d'Ausone, des *Argonautiques* d'Apollonios de Rhodes, Henri de La Ville de Mirmont avait également signé de savantes études sur Ovide et Virgile, une *Mythologie des Grecs et des Romains*, ainsi qu'une *Histoire du musée de Bordeaux*. Timidement, je fis l'acquisition de tous ces ouvrages dans la belle librairie du Cantalien Albert Mollat, récemment installée au 87 de la rue Porte-Dijeaux, dans la maison même où vécut Montesquieu.

Jean était donc le fils d'une autorité, dont l'empire s'étendait de l'université à la mairie, et montait jusqu'à Paris, où l'on éditait ses traductions avec une manière de vénération. Il avait grandi dans l'ombre portée de cette statue du Commandeur, et au milieu de ses livres reliés pleine peau. Sa mère, née Sophie Malan, en écrivait aussi. C'était, pour l'essentiel, des *Contes de Noël* que publiait, à Toulouse, la Société des publications morales et religieuses, et que la pieuse bourgeoisie bordelaise s'arrachait avant les fêtes. Le premier volume était dédié à Jean et précédé d'une épigraphe d'Alfred de Vigny : « Qu'il est doux, qu'il est doux d'écouter des histoires, Des histoires du temps passé ; Quand les branches d'arbres sont noires, Quand la neige est épaisse et charge un sol glacé. »

Très tôt, Jean chercha par quelles voies secrètes échapper à son milieu, à sa famille, à son confort et à son bonheur précaire. Il découvrit que, en rêvant, il fuguait dans sa tête. Il lui suffisait d'entendre mugir une sirène dans l'estuaire, de respirer l'odeur tiède du mazout, de promener son indolence sur les quais pour se croire moussaillon, s'imaginer goéland. Il voulait être à la fois aérien et fluide. Il rêvait d'appareiller sous les étoiles pour des îles vierges, des pays « lumineux et subtils », tout son corps réclamait de l'azur, des épices, des croix du Sud, des Harrar, des peupliers de Caroline et de gros fruits antillais.

Seule la passion folle qu'il vouait à sa mère, à laquelle il glissait des billets exaltés, des « je t'aime très beaucoup », et dont une photographie encadrée sur la table de nuit veillait sur son sommeil, le retenait de partir avant l'âge, sans se retourner. Bientôt, il ne fut même plus question de songer à s'éloigner, ni à monter en cachette sur le pont d'un navire de passage. Car deux de ses frères et sa sœur moururent en bas âge, les uns après les autres. Son troisième frère, Pierre, l'aîné, s'éteignit à son tour. La maison, où l'enfance refusait obstinément de grandir comme des fleurs sans soleil, était en deuil perpétuel. On avait cessé d'y allumer les lustres de Venise et Mme de La Ville de Mirmont ne quittait plus ses habits noirs. Elle personnifiait « le deuil éclatant du bonheur ». Jean se sentit coupable d'être toujours en vie. Pour forcer le destin, il but un soir tout un encrier, croyant ainsi pouvoir précipiter l'ordre des choses et rejoindre, par la voie liquide, ses petits morts. Il découvrit à cette occasion que l'encre avait mauvais goût et noircissait la langue, mais qu'elle n'était pas aussi dangereuse que la ciguë. Il tenta alors de mettre fin à ses jours avec le couteau de cuisine dont son père se servait pour découper le gigot dominical, mais la femme de chambre l'en dissuada et le sermonna à l'instant où il ouvrait le tiroir qui renfermait la longue arme blanche. Il comprit qu'il devrait désormais soulager, en redoublant d'amour pour elle, son inconsolable maman. Son père, en revanche, opposa à la malédiction qui s'abattait sur sa famille un stoïcisme résigné. En même temps que la grandeur antique et l'universalité des *Géorgiques*, il professait, du haut de sa chaire, l'indifférence devant ce qui affecte la sensibilité, brise le cœur et décime une descendance.

Ignorant qu'elle était devenue veuve, j'avais écrit à Mme de La Ville de Mirmont pour la prier de bien vouloir me recevoir, lors de mon voyage à

Bordeaux. Je ne l'avais pas revue depuis l'hiver de 1914, où elle était venue à Paris me demander de lui raconter les dernières heures de son fils « tué à l'ennemi ». Elle me reçut dans le sombre et vaste appartement du 11 de la rue Saubat, qui sentait le camphre et la bougie froide, au milieu de meubles recouverts de draps blancs. Sur la cheminée du salon, à côté d'un portrait de Jean en uniforme noir et képi galonné sur lequel était accrochée la croix de guerre avec étoile d'argent, une horloge Empire en acajou avait cessé de donner l'heure. Assise dans un fauteuil dont la tapisserie s'effilochait, Mme de La Ville de Mirmont, un *Traité* de Calvin à la main, était figée comme une prêtresse au fond d'un cénotaphe, une gardienne des ombres. Elle avait terriblement vieilli. Ses six enfants étaient morts et son mari venait de disparaître. Ses yeux vides, sans but, étaient ceux d'une rescapée postée sur la falaise après un naufrage. Ce jour-là, elle me parla sans me regarder. On eût dit qu'elle récitait un texte appris par cœur, scandé par des toussotements d'animal intoxiqué.

— Petit, Jean était d'une constitution fragile. Il était sujet à l'anémie et avait une vue très faible. À la maison, il passait des heures à regarder le ciel à travers les carreaux rouges, jaunes et verts. À dix ans, il disait que le monde était de toutes les couleurs et qu'il ressemblait à un Arlequin. Mon mari et moi l'avons finalement retiré de l'école laïque.

Nous faisions venir un instituteur à la maison. Le médecin chez qui je l'avais conduit avait conclu à une hyperémotivité et préconisé des exercices physiques, de longues marches au grand air. Il m'avait aussi reproché de trop le couver, surtout après la mort de mes autres enfants. Il trouvait inquiétante sa tendance à la morbidité.

— C'est-à-dire ?

— Une nuit, je l'avais entendu pleurer dans son lit. J'étais allée le réconforter et il m'avait murmuré : « Maman, je voudrais mourir avant toi. » Un autre soir, il m'avait appelé et m'avait décrit, d'une voix hallucinée, des champs de bataille couverts de morts où un grand Polichinelle allait et venait, « fouillant les cadavres avec son nez crochu ». Il avait alors douze ou treize ans, c'était à peine un adolescent, et déjà il savait ce qui allait lui arriver...

— Et au lycée, comment se comportait-il ?

— Il alternait les périodes de travail acharné et de profonde mélancolie. Il était très sensible aux saisons. C'était un rêveur ombrageux qui battait seul le pavé des Chartrons dans son uniforme de drap bleu. Il poussait parfois jusqu'à la gare Saint-Jean pour entendre les trains siffler leur détresse. Je réalise soudain, en vous parlant, que je ne l'ai jamais vu heureux, insoucieux. Il n'a jamais été un enfant, il a toujours été un petit adulte, comme, voyez-vous, ces demoiselles d'honneur peintes par Vélasquez dans *Les Ménines*, qui ont des visages de femme sur des corps de fillette. Dès qu'arrivaient les novembres froids et pluvieux, il s'enfermait dans sa chambre pour écrire et célébrer « le jour des chaudes colonies ». Car Jean écrivait beaucoup. Des poèmes, surtout. Écoutez celui-ci, il s'intitule « Fièvre », Jean avait alors dix-sept ans. C'est un peu maladroit, mais ça lui ressemble tellement...

Sur les galets plats, sur le roc qu'il lave,
Le torrent s'enfuit dans un remous blanc...
J'ai plongé mon front dans les eaux du Gave.
L'onde était très froide et mon front brûlant.

Le torrent est froid qui court vers la plaine
Descendant des monts mornes et glacés...
Mon front est brûlant car ma tête est pleine
D'âpres souvenirs, de tristes pensées...

Mais le flot brutal n'a point apaisé
Le feu dévorant de mes tempes lourdes.
Et l'onde attiédie à leur chaud baiser
A repris son cours et ses plaintes sourdes.

— Et après ?

— Après, il a obtenu son bachot avec la mention « bien » et, contre l'avis de son père, s'est inscrit en même temps à la faculté de Droit et à celle de Lettres, où il a rédigé un mémoire sur Montaigne sous la direction de son professeur, Fortunat Strowski, un éminent spécialiste des *Essais*. On pensait alors qu'il se destinerait à l'enseignement. Mais contre toute attente, il nous annonça, à son père et à moi, qu'il voulait préparer Navale. Il avait dix-neuf ans, et venait de lire avec passion *Servitude et grandeur militaires*. Il pensait que la marine serait l'instrument de ses rêves. Il ferait plusieurs fois le tour du monde. Il irait cueillir dans les arbres les fruits exotiques dont il allait chaque jour respirer les parfums multicolores sur le pavé de la rade marchande. Il promettait de revenir nous embrasser, à Noël. Bordeaux serait toujours son port d'attache. Mais notre médecin a vite ruiné ses espoirs de grand départ. Son extrême myopie lui fermait en effet les portes de la Royale. Il passa une semaine sans quitter sa chambre, d'où il sortit finalement pour nous déclarer, d'un ton lugubre : « Alors, je ferai mon droit jusqu'au bout... » Mon mari le félicita et lui promit un bel avenir. Moi, j'ai caché mes larmes devant lui.

— C'est donc pour étudier le droit qu'il est parti pour Paris ?

— Oui, mais auparavant, il a devancé l'appel, et a fait son service militaire ici, à Bordeaux, au 57e régiment de ligne, où il s'est engagé malgré ses problèmes d'yeux. Il a même participé, en 1907, à de grandes manœuvres dans les Landes, qui réunissaient des troupes russes, anglaises, roumaines, turques et allemandes. Il prétendait être monté au front le mousquet dans une main, le volume d'*Atala* dans l'autre. Il était vraiment exalté. Son lieutenant le félicita pour son courage et son endurance. Il était très fier de son uniforme, de son casque surmonté d'une aigrette d'or, et de son sabre d'acier. Il s'admirait dans le grand miroir du salon et, d'une voix de comédien, nous disait : « Je représente la gloire et le meurtre, je symbolise la force toute-puissante des armes ! » Et puis, il y eut Paris. Il y est arrivé en novembre 1908. Il s'est pris de passion pour cette ville, qu'il a traversée de part en part en prenant des bateaux-mouches ou en montant sur les impériales des tramways. Il m'envoyait de longues lettres dans lesquelles il décrivait « le pavé sec et élastique », « la Seine verte », les fiacres lancés à toute allure, le « halo transparent » des becs de gaz et les gargouilles de Notre-Dame. Il a d'abord habité un hôtel d'étudiants, près de l'Odéon, où il allait écouter des conférences de Charles Morice sur la mer. Tout était prétexte à le distraire de ses études de droit. Il a d'ailleurs été recalé à son examen. Cela ne l'a pas empêché de recommencer, l'année suivante. Dans une lettre adressée à mon mari, en février 1911, il écrivait : « Je continue à faire monter du droit dans ma cervelle comme un mulet fait monter de l'eau dans un réservoir et je tourne en rond consciencieusement. » Trois mois plus tard, il était enfin reçu au concours de la préfecture de la Seine. Voilà, cher Louis, vous savez tout. Maintenant, il est temps pour vous de partir. Veuillez m'excuser, mais je suis fatiguée. Cela m'est très difficile d'évoquer tous ces souvenirs. J'ai l'impression de les déterrer dans un sol trop dur, et je n'ai plus de forces. En vérité, si je m'écoutais, j'écrirais un livre sur mon fils, un tombeau. À la troisième personne du singulier. Ce serait la seule manière pour moi de ne pas céder à l'affectif, de ne pas pleurer. Car il y a tant à dire encore sur lui. Il ne faut pas qu'on l'oublie. Mais vous êtes là, heureusement, et vous êtes jeune. Suis-je bête, vous avez son âge...

D'un petit coffre en merisier, elle retira une chevalière en or sur laquelle étaient gravées les armes de cette très vieille famille. Jean la portait à l'annulaire gauche et il l'avait confiée à sa mère, lorsqu'elle lui avait rendu visite à Libourne, en septembre 1914 : « Prends-la pour que les Boches ne me coupent pas le doigt. » Mme de La Ville de Mirmont la glissa sur son majeur trop maigre, joua avec elle en souriant tristement, l'enleva, la baisa et me la tendit. « Elle sera mieux chez vous que chez moi. Après tout, c'est vous qui avez été son frère d'armes. Elle vous revient de droit et de cœur. »

Il faisait nuit quand j'ai quitté l'appartement de la rue Saubat. Bordeaux avait fermé ses volets. Sur le quai des Chartrons, des marins russes éméchés zigzaguaient entre des caisses qui attendaient d'être chargées, à l'aube, sur des steamers assoupis. Les hautes cheminées des usines de la Bastide, sur la rive opposée, crachaient encore de la fumée. La Garonne sentait l'Atlantique. La neige se mit à tomber d'un ciel laiteux qui cachait la lune.

Le lendemain matin, j'ai marché en boitillant le long des quais pour voir ces bateaux à voile bretons dont Jean me disait qu'ils étaient « salis et décolorés par les brumes d'Islande » et pour entendre le cri des mouettes au-dessus des pêcheurs de morue aux longues barbes blanches, retour de Terre-Neuve. Le gros pavé sentait la lamproie et l'alose. Des chevaux lourds tiraient des tonneaux de vin et de cognac jusqu'aux embarcadères. Des stères de pins des Landes attendaient devant la place de la Bourse d'être chargés sur des chaloupes à fond plat. Dans l'air blanc, les grues dédaigneuses semblaient louvoyer entre les mâts des steam-boats, les cheminées des paquebots des Messageries maritimes et les cochers de Bordeaux.

Peut-être, un jour, quand je ne serai plus là, cette belle ville qui est à la fois du fleuve, de la mer et de la terre donnera-t-elle le nom de mon ami à l'une de ses rues serpentines. Il y aurait de jolies boutiques, *Au bonheur des dames, Au cor de chasse*, ou *Hôtel de l'Écu de France*, les enfants joueraient à la marelle sur les trottoirs, le rémouleur ambulant agiterait sa clochette en criant : « Repasse couteaux, repasse ciseaux ! », un orgue de barbarie endimancherait la vie, des parfums de café torréfié ou de viennoiseries chaudes monteraient jusqu'aux balcons. Parfois un passant lèverait la tête vers la plaque, poserait la question : mais qui diable était donc ce Jean de La Ville de Mirmont, 1886-1914, un notable, un médecin, un juge, un capitaine au long cours?, et, l'apprenant, se demanderait pourquoi un tel honneur et une si petite vie. À quoi sert d'écrire sur les écrivains qu'on admire, les amis qui nous manquent, les morts qu'on voudrait ressusciter quand il suffit, pour qu'ils survivent, d'inscrire leur nom sur la pierre d'un immeuble ou au fronton d'un collège? Il y a quelque chose de dérisoire dans mon travail de fourmi, mais qu'importe, je continue.

Avant de quitter Bordeaux, je suis allé m'incliner au petit matin devant la tombe de Jean, au cimetière protestant de la rue Judaïque. J'ai découvert alors que son corps n'avait été exhumé et rapatrié de l'Aisne que le 21 décembre 1920. D'abord inhumé au cimetière provisoire des tranchées de Verneuil, transféré ensuite à la nécropole nationale de Cerny-en-Laonnois, il avait donc passé encore quatre années à dormir dans le grand fracas des bombes, sous la terre sans cesse retournée, martyrisée, et puis, une fois l'Armistice signé, deux autres années encore à attendre qu'on vînt le chercher, perdu au milieu des morts sur lesquels, lentement, l'herbe s'étonnait de repousser! Même après son ensevelissement, il avait donc continué de faire la guerre.

Pauvre Jean, qui rêvait de voguer vers des îles chaudes et dont le front de Verneuil fut le plus long voyage, la dernière escale.

Il repose aujourd'hui dans le caveau familial des La Ville de Mirmont, division H. 42. Sous le nom gravé du poète, augmenté de la formule d'usage : « mort pour la France », un bouquet de roses blanches printanières disposé dans un vase transparent narguait et parfumait l'hiver glacial. Chaque jour, qu'il pleuve, neige ou vente, me confia le gardien du cimetière, sa mère vient fleurir la sépulture de son enfant chéri. « Et elle lui parle à haute voix, vous n'imaginez pas combien elle lui parle... »

Au fond, je suis le plus heureux de vous tous, car si je suis emporté, j'espère ne pas même m'en apercevoir.

À sa mère,
24 novembre 1914

Cette fois, ce ne sont plus des coups de pied, des jets de cailloux, des blouses arrachées et des cris de joie, mais des explosions, des corps broyés et des hurlements d'effroi. Ce n'est plus, dans la jolie campagne française, la troupe de Longueverne contre celle de Velrans, mais, dans un paysage de fin du monde, l'armée des poilus contre celle des Boches. On ne rigole plus. On a cessé de jouer à la guerre. On la fait. On y crève. Je connais. Deux ans après avoir publié La Guerre des boutons, *et alors qu'il commençait à en rédiger la suite, l'instituteur* Louis Pergaud, *prix Goncourt 1910 pour* De Goupil à Margot, *partit pour Verdun, le 3 août 1914.*

Il avait trente-deux ans. Pendant huit mois, sans jamais quitter la cote 233 de Marchéville où son régiment, le 166e*, était enlisé, Pergaud se battit. Il fut tué le 7 avril 1915. On n'a jamais retrouvé son corps, noyé dans la boue de la Meuse. Jusqu'en 1918, sa femme, Delphine, le crut vivant, et prisonnier. Longtemps, elle continua de lui écrire des lettres. C'est seulement avec la cantine militaire qu'arriva la preuve de sa disparition. À l'intérieur se trouvait le* Carnet de guerre. *C'est la relation lapidaire d'une boucherie, le récit expéditif d'une mort annoncée — « Le Destin est notre maître, nous ne pouvons rien contre ses arrêts. » Le sous-lieutenant Pergaud, dont les critiques raillaient avant-guerre la prose fleurie et le style appliqué, n'a plus le temps ni le goût de faire des phrases avec adjectifs. «* Je lâche le crayon pour le flingot, et vive la France ! *» Dans l'urgence, il jette entre deux fusillades des mots de télégraphiste, il colle à l'action, il s'y oublie. Parfois, quand passent des geais, des pinsons ou des bouvreuils dans le ciel d'automne, on le sent prêt à céder à la nostalgie de l'insouciance, des vacances, au regret de la littérature. Mais aussitôt l'horreur le rattrape, avec ses amas de cadavres déchiquetés dans des trous pleins « de pissat, de merde et de sang ». Pour autant, il ne condamne pas la guerre, persuadé qu'il est d'aider la civilisation à résister à la barbarie. S'il avait su, il serait venu quand même.*

Quand je ne reprends pas inlassablement les textes et les poèmes de Jean, je me plonge dans ceux des morts de là-bas, Charles Péguy, Alain-Fournier, et ce Louis

Pergaud qui était fait pour le bonheur. Pourquoi suis-je incapable de lire autre chose que ce à quoi tout, dans ma vie, me renvoie ? Pourquoi est-ce que je résiste si fort à l'avenir ? Plus le temps passe, et moins je vieillis. Seul mon corps me rappelle que je viens d'avoir la moitié d'un siècle.

Trouville-sur-Mer, mars 1935

J'ai attendu vingt ans avant d'oser revenir sur cette côte où je me suis réveillé un matin d'un cauchemar dont l'effroi m'empêche toujours de trouver le sommeil. J'avais une peur presque animale, en y allant, de ressentir à nouveau les souffrances que les médicaments ont mis tant de saisons à calmer. Je ne parle pas des douleurs physiques, car on parvient à s'en accommoder, on s'étonne de les tutoyer, de les rudoyer, on apprend même à les mater lorsqu'elles se manifestent, à les chasser comme des idées noires et je ne cesserai jamais de claudiquer. Non, je parle de ce désarroi sans nom et mouvant où l'on s'enfonce jour après jour, où j'ai failli me perdre après qu'on m'eut conduit, inconscient, jusqu'à ce rivage normand où j'allais découvrir que les seules canonnades sont celles des orages venus du Havre et des feux d'artifice lancés depuis la plage.

C'est étrange, je me suis réfugié dans le passé de mon ami, mais je n'arrive pas à renouer avec le mien ou, plus exactement, avec mon passé sans lui. Aujourd'hui, je retournerais à Libourne sans états d'âme, mais à Deauville, Dieu que c'est difficile. Je tremble de tous mes membres. Dans mes jambes blessées, qui me laissaient pourtant en paix, la douleur de l'hiver 1915 s'est soudain réveillée. Elles ont la mémoire longue.

Afin de repousser l'échéance de quelques centaines de mètres, j'ai pris, pour trois jours, une chambre dans un petit hôtel de Trouville-sur-Mer, avec vue sur la Manche. Quand je me promène sur le port, où les femmes des pêcheurs vendent leur poisson à la criée, j'aperçois, de l'autre côté de la Touques, les premières villas blanches de Deauville. Après avoir tourné en rond, j'ai fini par monter dans le bac qui traverse l'embouchure, accosté avec circonspection et emprunté lentement les planches jusqu'au Casino. En y entrant, mon cœur s'est mis à battre. De l'hôpital complémentaire, il ne restait plus rien. Je m'en doutais bien, je ne suis pas si naïf, mais le spectacle de cette métamorphose me bouleversa. Dans la grande salle où étaient rangés autrefois des centaines de lits en fer, où mes camarades de tranchées attendaient d'être amputés ou de mourir, des élégants jouaient en riant au baccara et à la roulette sous des lustres dont on avait retiré les housses et qui brillaient maintenant de tous leurs feux. Plus de gémissements, de pleurs, plus d'ordres comminatoires lancés par des médecins pressés ou des infirmières exaspérées ;

au contraire, les mouvements d'une sonate de Liszt interprétée par Vladimir Horowitz montaient en volutes depuis le théâtre à l'italienne, cette bonbonnière creusée pour la danse, le théâtre et la musique dans l'aile gauche du Casino. L'affreuse odeur d'ammoniac avait disparu au profit d'un mélange prétentieux d'*Habanita* de Molinard, d'irish coffee et de double Coronas. Partout, on avait repeint les murs, redoré les dorures, et tout fait pour ignorer la lointaine réquisition du clinquant édifice par les services de santé de l'armée. J'avais l'impression d'être un fantôme qui glissait d'un salon à l'autre et était invisible à la foule enjouée des habitués.

Je ne gênais personne, je ne gênais que moi, avec mes vieilles histoires tristes, mes souvenirs d'épouvante, mon trouble démodé, mon mort de vingt-huit ans et mes angoisses ridicules. D'ailleurs, personne, ici, ne semblait être ému par la nouvelle que j'avais lue le matin même dans *Le Figaro* : en Allemagne, et au mépris du traité de Versailles, le chancelier Adolf Hitler venait de rétablir le service militaire obligatoire et d'annoncer à la France et à l'Angleterre qu'il allait sans tarder, et sans scrupules réarmer son pays. Étais-je donc le seul, dans ce petit Trianon du plaisir, à craindre une nouvelle guerre où d'autres La Ville de Mirmont crèveraient sous les balles allemandes ? Et pourquoi diable l'insouciance m'avait-elle toujours été refusée ? Qu'est-ce que je payais, et à qui ?

Je regagnai Trouville par le même bac routinier en me promettant de ne plus jamais remettre les pieds au Casino. Je m'enfermai dans ma chambre d'hôtel pour ouvrir enfin un mince volume que j'avais acheté il y a deux semaines, en même temps que le premier roman d'un certain Henri Calet, *La Belle Lurette*, dans une librairie du boulevard Saint-Germain où, en vitrine, était exposé cet objet insolite et un peu dérisoire. Au milieu des dernières nouveautés, *Haut les fourches*, d'Henri Dorgères, *Le Sang noir*, de Louis Guilloux, *Jour sans gloire*, de François de Roux, *Sang et lumières*, de Joseph Peyré, et *Staline, aperçu historique du bolchevisme*, de Boris Souvarine, une couverture jaune attira mon regard. Le titre de l'ouvrage, publié à Paris par La Cause, s'étalait en long : *Vie de Jean de La Ville de Mirmont (2 décembre 1886-28 novembre 1914), ses vers inédits, ses lettres à ses parents, à ses amis, ses lettres de guerre. Par sa mère*. Mme de La Ville de Mirmont m'avait en effet confié, lorsque je lui avais rendu visite à Bordeaux, qu'elle écrirait un jour ce témoignage, mais je ne pensais pas qu'elle oserait le faire. Le temps avait passé, et elle avait donc tenu parole juste avant de disparaître. Car elle était morte, précisait l'éditeur, quelques jours après avoir apposé un point final à son manuscrit, la conscience reposée et le devoir accompli.

Mais qu'il est étrange, ce livre où elle parle d'elle à la troisième personne et met en scène l'amour fusionnel qui la liait à son fils avec une ferveur religieuse : « Le culte dominant de ce jeune païen est pour sa mère. Il croit en elle. » Oh, ce *jeune païen* ! Plus de vingt ans après la mort de Jean, dont elle ne semble toujours pas vouloir faire le deuil, elle décrit un enfant qui « n'est jamais assez près d'elle et, assis sur ses genoux, se trouve encore trop loin », se réveille la nuit, affolé, pour s'assurer que le portrait de sa mère jeune fille est bien posé sur sa table de chevet, lui dépose en tapinois des mots doux dans sa boîte à ouvrage ou le tiroir de sa coiffeuse, et lui ordonne, un soir de 1903, dans les Pyrénées, il avait alors sept ans, de retirer aussitôt son lorgnon :

— Il te rend affreuse, je ne te veux pas laide, et je ne vois pas tes beaux yeux.

— Mon pauvre petit, hélas, je ne puis te promettre d'être toujours jeune et fraîche. Je vieillirai. J'aurai des rides, des cheveux blancs.

— Tes rides, je ne les verrai pas, je suis myope, heureusement. Et puis, avec des cheveux blancs, tu seras pittoresque !

Ce n'était donc pas pour exalter le héros tombé sur le front de Verneuil que cette femme âgée avait pris la plume, c'était pour laisser une trace de la passion dévorante qu'elle avait inspirée, assurait-elle, à un petit garçon fragile, fiévreux et trop sensible. « Comment élever un tel enfant, faire un homme d'action de ce délicat et tendre rêveur ? »

Je refermai ce livre pieux, dont la phrase ultime

était : « Et Jésus le rendit à sa mère », avec un léger sentiment de malaise. Le malaise de qui se fût introduit, sans y avoir été invité, dans l'intimité d'un couple, le secret d'une famille, le cabinet noir d'une vieille maison en usufruit. Si je comprenais la détresse de la mère qui avait perdu son fils dans la fleur de l'âge, je ne reconnaissais pas mon ami dans ce portrait à la fois sulpicien, racinien et œdipien. A-t-on d'ailleurs jamais vu une mère rédiger la biographie de celui qu'elle a mis au monde ? N'était-ce pas plutôt un livre sur elle et sur la manière dont elle avait survécu à son fils mort ? Car même l'écrivain qu'il était devenu, qu'il allait devenir, elle n'avait pas voulu le comprendre. De lui, elle aimait exclusivement les poèmes de jeunesse, le « compagnon des voiliers indolents et déchus », le promeneur solitaire des quais de la Garonne et de la Seine. Sans cesse, elle lui réclamait des vers : « Dans ta prose, tu te caches, tu refoules tes émotions. » Elle avait été affolée par *Les Dimanches de Jean Dézert*, par la résignation narquoise et le cynisme moucheté de ce petit roman qui avait amusé son mari, mais où elle ne reconnaissait plus son fils chéri, lequel montrait pourtant l'écrivain lucide et désenchanté qu'il eût été si le destin lui avait été plus favorable. Réprimant un inavouable sentiment de jalousie, elle avait même sursauté en le voyant — car Jean Dézert, c'était lui, elle en était convaincue — embrasser, page 89, les lèvres d'Elvire, qui sentaient la poudre de riz à bon marché. Son Jean était le garçon bien élevé qui célébrait « l'immortel ennui du calme sidéral », « l'aveuglant soleil dont nos âmes sont veuves », et partirait un jour pour les colonies, pas le débauché Jean Dézert qui se couchait à l'aube après avoir écumé les cafés chantants de la rue Saint-Antoine et du boulevard Sébastopol où il buvait des bocks, s'arsouillait à l'absinthe, jouait au billard, reprenait en chœur la *Valse à Julot* et pinçait les fesses rondes des filles faciles. Alors, à la veille de disparaître, avec la certitude qu'elle allait enfin le rejoindre, le serrer dans ses bras, retirer pour lui seul le lorgnon disgracieux, elle écrivit ce tombeau afin que la postérité ne retienne que le poète de *L'Horizon chimérique* et l'enfant éternel qui adula sa mère et ne la trahit jamais.

C'est peu dire que mon séjour sur la côte normande tournait au fiasco. Le Casino de Deauville avait été débarrassé de tous mes souvenirs et le livre posthume de Mme de La Ville de Mirmont transformait mon frère d'armes en chaton chétif tétant sa maman dans sa corbeille d'osier pleine de poils.

Je n'avais à m'en prendre qu'à moi. Je rendis ma chambre en abandonnant dans le tiroir de la table de nuit, où une Bible était proposée aux clients, mon exemplaire de *Vie de Jean de La Ville de Mirmont... Par sa mère.* Il serait peut-être feuilleté par un touriste, retour de sa baignade.

J'ai toujours manqué de persuasion, et mon grand défaut est la lassitude.

Mon ami le prophète,
Contes

J'enviais Mauriac de se passionner pour tout, de n'avoir jamais l'esprit au repos, d'avoir chaque matin la faculté de s'enthousiasmer ou de s'offusquer. Moi, tout m'ennuyait. Au point que je me demandais si je ne m'étais pas choisi une idée fixe pour bousculer ma propension au désenchantement et justifier mon indifférence au monde dans lequel je vivais. Certains jours, il m'arrivait même de penser que Jean n'était qu'un alibi.

Malagar, septembre 1938

Malagar était à l'heure des vendanges. Une nuée de femmes et d'hommes chargés de paniers de bois avaient envahi les vignes de *plein rapport* au milieu desquelles de lourds chevaux gris tirant des tombereaux attendaient, impassibles, comme indifférents à toute cette agitation, dans un nuage furieux de mouches et de guêpes, leur poids pyramidal de grappes violettes. L'air était rond et sucré. Je fus introduit dans un petit salon qui sentait le bois ciré et la naphtaline, où l'on me pria de patienter sous un crucifix. Je venais d'acheter, dans une librairie de Bordeaux, *La Littérature et le péché*, et comptais bien repartir avec une dédicace. Par la porte-fenêtre, j'aperçus de profil François Mauriac sur la terrasse gravillonnée. Assis sur un banc de fer peint en jaune, il portait une veste de tweed beige, une pochette blanche, une cravate club et un chapeau. Il me parut très maigre, et un peu ferrugineux. Il avait moins une stature de châtelain qu'un physique de khâgneux. Je ne l'avais vu qu'en photo, dans les journaux et sur les réclames trop avenantes de ses romans, *Thérèse Desqueyroux* et *Le Nœud de vipères*. Sous le figuier, il conversait avec un curé en soutane noire, qui souriait et dessinait à contre-jour, de sa main droite, de lents gestes papaux, et dont j'ignorais alors qu'il fût son frère. Le visage penché, on eût dit que l'écrivain se confessait et qu'il avait beaucoup à se faire pardonner. La scène était d'autant plus insolite dans son recueillement que je voyais, au loin, de jeunes vendangeurs torse nu et cuivré cueillir le raisin sous le soleil avec une joie insolente.

Enfin, l'écrivain et le prêtre se levèrent et se séparèrent après s'être donné l'accolade. François Mauriac vint alors me chercher dans le salon, où je feignais d'admirer les tableaux et les bibelots, et il me proposa de marcher le long des charmilles jusqu'au belvédère bordé de cyprès qui domine la Garonne, et d'où l'on peut voir, m'assura-t-il, le clocher des églises de Saint-Macaire et de Saint-Mexant, le viaduc de Langon, et, de l'autre côté du fleuve, l'immense forêt des Landes bazadaises aux longs pins noirs précédant l'invisible Océan.

« Des cyprès, imaginez que j'en ai planté cent trente-cinq dans le domaine en février de l'année dernière », me dit-il avec la fierté du maître de maison. Lorsqu'il découvrit la canne sur laquelle je m'appuyais, de sa voix chuintante et moustachue il me demanda seulement : « Le Chemin des Dames ? » Je fis oui de la tête. « Alors, nous irons lentement. Plus rien ne presse, maintenant. »

Je le remerciai d'avoir répondu si vite à ma lettre et accepté de me recevoir. Je le savais surchargé de travail. Il avait tant de livres à écrire, de chroniques à donner, de conférences à préparer, de voyages à faire. Son temps était compté, et il n'avait peut-être pas le goût ni le loisir de se souvenir. J'avais tort.

— Lorsque j'ai lu, sous votre plume, le nom de Jean de La Ville de Mirmont, j'ai sursauté. C'était aussi puissant que l'odeur des pins des Landes où, avec Jean, nous construisions autrefois des huttes. Toute notre jeunesse m'est soudain revenue. D'apprendre en plus que vous avez été, dans la tranchée, son dernier ami m'a bouleversé. J'ai besoin, Louis, je peux vous appeler Louis ?, que vous me disiez ce qui s'est passé. Ensuite, je vous raconterai...

Je lui fis le récit des jours héroïques de Jean, porté par une étonnante ferveur militaire et en même temps habité par une juvénilité qui le distinguait des autres. Je lui décrivis en détail ses derniers instants, l'image arrêtée du soldat enterré vivant au moment de l'assaut, l'attitude impériale de ce jeune mort debout, et la litanie des « maman » murmurée, comme une promesse de retrouvailles, avant son ultime soupir.

Immobile, les mains fines posées sur la pierre grise du muret tavelé de mousse beige, François Mauriac m'écoutait en scrutant droit le grand ciel d'Aquitaine où planaient bas d'acrobatiques escadrilles de palombes. Il observa un long silence tandis qu'au loin des vendangeuses en sarrau chantaient des mélodies inconnues de moi, qui montaient des règes. Alors seulement, sans que jamais son regard ne quittât l'azur, il voulut bien se souvenir de Jean.

« Il avait la grâce, oui, la grâce », me répéta-t-il comme si cela suffisait à tout expliquer. Et aussi : « Je l'aimais d'une amitié qui va au-delà de l'amitié. Tout le reste n'a guère d'importance. »

Jean et lui avaient grandi ensemble. Ils s'étaient rencontrés sur les bancs du lycée et étaient entrés ensemble à la Faculté. Même s'ils étaient tous deux bourgeois, ils n'appartenaient pas au même monde : par héritage, l'un était de gauche et l'autre, de droite, et la province rendait, en ce début de siècle, l'antagonisme palpable. Mais l'amitié avait été plus forte que la politique, et ils s'étaient promis de ne jamais se quitter, et ils s'étaient quittés.

— Heureusement, Paris nous a réunis. La chance a voulu que je le croise, alors que je marchais boulevard Saint-Michel. Il n'avait pas changé. J'aurais voulu l'embrasser. On a seulement échangé une solide poignée de main. Il m'a accompagné jusqu'à ma chambre de l'hôtel de l'Espérance, le bien nommé, qui était situé en face de l'Institut catholique. Je me souviens que je lui ai donné aussitôt à lire mes premiers vers.

— Vous êtes-vous souvent revus ?

— Oui, tout le temps. Surtout la nuit. On arpentait la ville jusqu'à l'aube. On errait sans but dans la lumière jaune des becs de gaz. J'étais porté par la voix si particulière de Jean, comment vous la rappeler ?, c'était un étrange nasillement doux, n'est-ce pas ? On se récitait des poèmes de Ronsard, de Baudelaire, de Rimbaud, de Jammes, que sais-je encore, on se rappelait notre jeunesse bordelaise et le port aux eaux limoneuses rempli de voiles et de drapeaux du monde entier. Parfois le claquement des sabots sur les pavés de bois nous sortait de notre torpeur somnambulique. Nous étions un peu des frères et, comment vous faire comprendre ?, de jeunes bateaux ivres...

Ensuite, François s'installa rue Vaneau et Jean, rue du Bac, près des magasins du Petit Saint-Thomas, dans une chambrette au plafond bas, où il prépara le concours d'entrée à la préfecture de la Seine avec une application d'autant plus méritoire que rien, chez lui, ne le prédisposait à la rigueur du droit, à l'aridité de la littérature administrative. Contrairement à Stendhal, qui jalousait le style lapidaire, méthodique, du *Code civil*, et demandait à la grammaire d'étouffer les grands sentiments, Jean était un romantique empêché. Il avait « de grands départs inassouvis » en lui. Il se rêvait « gabarre ou chaland ». Il rêvait d'azur pur et se croyait né pour une autre planète. Alors, les problèmes de voisinage, de bail, de pas-de-porte, les articles et sous-articles de règles fastidieuses, et tout ce vocabulaire d'huissier : assignation, usucapion, décote, exécution provisoire, licitation, barème, saisie conservatoire, déféré préfectoral, personne morale, usufruit, il n'en avait rien à faire. Sans compter les mots latins, quorum ou verus dominus, qui lui rappelaient les cours professés ex cathedra par son auguste père à l'université de Bordeaux. François Mauriac s'obligeait à guetter la fin de la journée pour venir enfin distraire son ami de ses révisions, l'inciter à quitter ses manuels afin de respirer, à la nuit tombée, l'air pur de la poésie.

Parfois, rejoints par d'autres camarades bordelais, dont André Lafon et Louis Piéchaud, ils allaient s'encanailler dans les bars de Pigalle pour voir, de près, ce qui leur ressemblait si peu et mettre fièrement leur vertu à l'épreuve. Une fois, c'était en 1909, François et Jean s'étaient retrouvés au fond d'une cave exiguë de la rue de l'Ancienne-Comédie, au milieu de « filles misérables » et d'hommes « à gueules d'assassins comme dans le tapis-franc des *Mystères de Paris* ». Leur gêne avait fait ricaner les habitués. Et soudain, un musicien avait joué l'*Ave Maria* de Gounod. Les deux amis avaient profité de cette pause pour s'éclipser. Sur le trottoir, Mauriac avait lancé à La Ville de Mirmont : « Ouf, la Vierge nous a tirés de ce bas-fond. »

— Aucune photographie ne me l'évoque mieux

que ce vers d'un poème qu'il écrivit sous mes yeux : « La mer des soirs d'été s'effeuille sur le sable... »

— Et pourtant, il est allé jusqu'au bout de sa tâche, il a passé ce concours et il l'a eu !

— Oui, cher Louis, mais, au fond de lui-même, il ne croyait pas à sa destinée de bureaucrate, il n'avait pas une vocation de rond-de-cuir, ça n'était qu'une manière d'attendre...

— D'attendre quoi ? La reconnaissance littéraire ?

— Non, pas davantage. Il ne voulait pas devenir un écrivain professionnel, un notable des lettres, ressembler à... ce que je suis aujourd'hui. (Il sourit.) Je pense plutôt qu'il attendait cette prochaine mort qui donnerait un sens à sa vie. Je sais que c'est facile à dire aujourd'hui, mais mieux je me le rappelle et plus je suis convaincu qu'il savait son temps compté.

C'est Jean qui trouva le titre du premier recueil de poèmes de François : *Les Mains jointes*. Il avait même ajouté : « Ainsi, quoi qu'il advienne, tu te souviendras de moi. » Maurice Barrès salua, dans *L'Écho de Paris*, « la charmante source » de ses vers, mais c'est Jean qui en fut le meilleur lecteur.

Autrefois, lorsque sonnait l'heure des grandes vacances, les deux camarades regagnaient Bordeaux et Jean partait rejoindre François dans sa maison des Landes, à Saint-Symphorien, où il organisait, pour les enfants de la tribu Mauriac, qui l'adoptèrent aussitôt comme l'un des leurs, de formidables jeux de piste qui allaient jusqu'au ruisseau de la

Hure et il inventait, au sommet des arbres, dont le gros chêne, d'inaccessibles cabanes d'aventurier qui tutoyaient le ciel.

— Bien qu'il eût vingt ans et qu'il fumât une pipe à tête d'oiseau des marais, il n'avait pas à se mettre à la portée des petits, car il courait avec la même joie, les mêmes cris qu'eux dans ce parc aux pins centenaires et son rire avait la même innocence. C'est bien après que j'ai appris d'où lui venait cette empathie avec les enfants. Il avait perdu plusieurs frères et sœurs en bas âge, et son désespoir avait été tel qu'il avait songé à se suicider. À Saint-Symphorien, dans la canicule, il gambadait avec ses petits morts. Un poète, voyez-vous, c'est un enfant éternel.

Ce fut leur plus bel été. Après, tout alla trop vite. Rentré à Paris, Jean déménagea dans un rez-de-chaussée de l'île Saint-Louis situé au 8, quai d'Orléans, non loin de l'immeuble où vécut Baudelaire. Il rêvait de vivre au-dessus de l'eau et de sentir ses parfums alanguis, il voulait voir chaque jour des péniches glisser lentement vers la mer lointaine, il s'imaginait en partance perpétuelle, à deux pas d'embarquer pour un voyage sans retour. François, de son côté, se maria et fonda un foyer qui l'éloigna, comme d'une étrange menace, de ses folles amitiés de jeunesse. À l'exception d'une visite, un dimanche, du château de Versailles et d'une brève expédition dans la forêt de Fontainebleau, les deux poètes prirent de la distance et cessèrent de se lire à haute voix leurs vers trop fervents. Jusqu'à ce jour de juin 1914 où Jean, délaissant ses personnes âgées, une espèce à laquelle il n'appartiendrait jamais, vint toquer à la porte de François. Il avait les yeux brûlants et, dans ses mains, un exemplaire encore tiède des *Dimanches de Jean Dézert*. Il l'offrit à son camarade en riant : « Tu liras ça quand tu auras le temps. Tu verras, c'est mon versant rond-de-cuir, pas mon versant chimérique. Les poèmes attendront que je vieillisse. Après tout, Ronsard a écrit ses plus beaux vers d'amour entre ses cinquante et ses soixante ans. J'ai le temps... » Ils conversèrent longtemps, dans le petit salon où la femme de François leur apporta deux fois du thé noir, et de Chine. Il fut question de Dieu. Jean y croyait pour la seule et simple raison que sa mère le priait, et qu'elle était, me confirma François Mauriac, « son plus grand amour ».

Ils se séparèrent en se faisant la promesse de se revoir « à la rentrée ». Mais il n'y eut plus de rentrée. La guerre éclata. Et les mains jointes se séparèrent pour toujours.

Le soleil se couchait sur les vignes de Château-Malagar, dont il rosissait et chatouillait les pieds.

— Notre vin n'est pas mauvais, c'est une sorte de sauternes sans appellation, me dit le grand écrivain en picorant des grains de chasselas à la manière d'une fauvette babillarde. Et puis il est parfois vendu comme vin de messe. Ça me plaît. Mes fruits servent à la transsubstantiation. En somme, ce sont un peu les vignes du Seigneur...

Il me pria d'accepter de repartir avec quelques bouteilles pour me remercier de travailler à faire connaître l'œuvre inaccomplie de son ami disparu. Il me fit visiter le verger, les communs, l'étable, les chais aux tuiles anciennes, le cuvier, en m'expliquant que les comportes de raisin blanc étaient versées directement dans le pressoir tandis que le rouge irait dans une cuve où un homme, pantalons retroussés, le foulerait aux pieds. Il regretta que mon pas claudiquant ne nous permette pas de pousser jusqu'au calvaire de Verdelais, par le joli chemin de Calèse qui sentait le fenouil. Ses enfants Claude, Jean, Claire, Luce et le petit Bruno Gay-Lussac jouaient sur la pelouse. Nous retournâmes dans sa bibliothèque, il me montra l'édition originale des *Dimanches de Jean Dézert*, dont il possédait un des cinq exemplaires sur japon, le volume de *L'Horizon chimérique*, paru à tirage limité au lendemain de la Grande Guerre à la Société littéraire de France, ainsi qu'un mince recueil de ses *Contes*, publié au Divan en 1923 et préfacé par Georges Le Cardonnel.

— C'est déjà bien que Grasset ait publié *L'Horizon chimérique*, mais il ne vous a pas échappé que ma préface n'a pas suffi à donner de l'audience à ce volume. Il faudrait maintenant réunir tout ce qu'il a écrit, les poèmes, les contes, le roman, et tenter d'y ajouter ses lettres, ses lettres à sa mère surtout. Je compte sur vous, cher Louis. N'hésitez pas à me solliciter, si vous avez besoin de moi. Vous savez, la mort détruit, mais la vie dégrade. Et quand je pense à Jean, je me sens déjà trop vieux. Lui seul n'a pas changé. Il est comme ces cadavres d'alpinistes conservés dans la glace durant des années, et que parfois le printemps nous rend. C'est la saison des offrandes. Ce qu'on croyait mort revit. Alors, il m'arrive de faire ce cauchemar récurrent : je meurs, j'aborde à la rive où il se tient droit, et lui, le jeune homme éternel, ne me reconnaît pas. C'est horrible.

Quelle force d'avoir un idéal commun !
Et comme je voudrais que tu te rapproches
du nôtre ! Car nos religions sont des sœurs...

Lettre de FRANÇOIS MAURIAC
à Jean de La Ville de Mirmont

J'y pense soudain, c'est étrange, mais Mauriac ne m'a rien dit de sa guerre. Il est vrai que je n'ai pas osé, tant il m'intimidait, lui demander pourquoi il avait échappé à ce carnage, même si on m'en a donné la raison. Les médecins militaires avaient jugé en effet que sa pleurésie de 1903 avait laissé des traces indélébiles. Faute d'être envoyé au front, il sollicita alors d'être admis dans une ambulance chirurgicale avec la fonction de brancardier, très exactement de « convoyeur de la Croix-Rouge », détaché au 162ᵉ régiment de la 4ᵉ armée. Il tua des poux pendant que son exact contemporain tirait sur les Boches. Et alors qu'il pétrissait le linge ensanglanté « comme une vendange affreuse dans sa cuve », il apprit la mort de Jean. Je suis convaincu qu'à la douleur de l'avoir perdu s'ajouta la souffrance de n'avoir pas pu être à ses côtés pour mettre en péril et sa vie et sa foi. Façon d'ajouter à sa mauvaise conscience, qui atteint chez lui des sommets vertigineux, je sais que, pendant la bataille de Verdun, de nombreuses permissions lui offrirent en outre le privilège de se rendre à Paris pour applaudir Britannicus *à la Comédie-Française, les Ballets russes, ou* Partage de midi *au Vieux-Colombier. Envoyé ensuite par la Croix-Rouge en Salonique, il continua de remuer ses idées noires, de juger qu'il était « le plus inutilisable des êtres », qu'il n'était digne ni de son Dieu ni de son ami Jean. Ce qu'il a écrit à ce moment-là pour résumer sa guerre : « Je ne plais pas au monde et je déplais aux saints », j'aurais préféré qu'il me le dise à moi, sur la terrasse ensoleillée de Malagar.*

Paris, novembre 1938

Jamais encore, depuis le temps — une éternité ! — que je me consacre à Jean au point de disparaître en lui, d'oublier d'exister, on ne m'avait soupçonné d'être négligent, de paresser, et de manquer d'assiduité dans mes investigations. C'est pourtant ce que, dans une longue lettre, et sur un ton plus amer qu'acariâtre, m'a reproché un certain Louis Piéchaud.

Son nom me disait quelque chose, mais guère plus. Je me suis renseigné. Il était le frère du romancier Martial Piéchaud. Journaliste, il fut secrétaire de rédaction à *L'Écho de Paris*, et puis chroniqueur à *L'Époque*, où il signait Norbois, enfin au *Figaro*, où il donnait chaque semaine, ça me revient, une leçon de syntaxe sous le titre « Questions de langage ». Je me suis fait prêter le seul livre qu'il ait publié, *Jeux pour se consoler*. C'est un recueil de poèmes en vers qui ne m'a guère emballé. Il est plein d'un romantisme échevelé et appliqué. On dirait un pastiche de *L'Horizon chimérique*, une caricature de Mirmont. La peine est « une esclave inconsolée qui secoue sa chaîne d'or », d'or aussi l'oiseau « aux flèches d'argent » qui prend pour cibles les cœurs des amants. L'Océan, si cher à Jean, est ici « labouré de cris et de sillages » et il garde une île « mieux qu'un chien la maison de son maître ». Quand le front du ciel ne se ride pas, la nuit est une proie entre des mailles étoilées et la voix est comparée à un oiseau fatigué des voyages... Ce Piéchaud ne peut pas écrire un vers sans user d'une métaphore, c'est maladif, on a l'impression d'assister à une violente poussée d'acné sur la peau grasse d'un visage adolescent. Oh, je me venge un peu. C'est de bonne guerre. Sa lettre m'a tellement irrité.

Ayant appris, je ne sais comment, que je travaillais à faire connaître l'œuvre de mon compagnon d'armes, il s'étonnait que je ne sollicite pas son « précieux » témoignage. Or, il avait, m'assurait-il, beaucoup à dire. Jean aurait été, à l'en croire, son meilleur ami de jeunesse. Comment avais-je pu en appeler à tant de proches, « forcer » la porte de sa mère, importuner tant de lointaines connaissances, et ignorer le rôle que, à Bordeaux, dans les années 1900, il avait tenu auprès de Jean ? Je lui répondis, dans une lettre un peu sèche, que nul n'avait à me dicter ma conduite, que je ne menais pas une enquête de détective privé, que seul le devoir de mémoire me faisait agir, et que, pour être allé au feu avec lui, godillot à godillot, ma démarche était légitime. Il se calma aussitôt, et m'adressa un courrier courtois, presque émouvant. Sa colère n'était donc que de l'affliction. Lui aussi pleurait Jean et, à travers Jean, son propre passé. En vérité, il avait le chagrin maladroit et le regret embarrassé. Lorsque je lui demandai, toujours par écrit, de me livrer quelques souvenirs, je compris combien je touchais un point sensible. Vingt fois il avait en effet pensé à les rédiger, et vingt fois avait déclaré forfait. La longue et assidue pratique du journalisme l'avait éloigné de la littérature. Poète rentré et mémorialiste sans le souffle, il ne savait plus comment se décharger de ses regrets, les répartir. Il avait peur qu'ils pourrissent chez lui et se putréfient.

C'est ainsi que, un matin, je reçus une poignée de lettres dont il était le destinataire. « Elles vous parleront mieux que je ne saurais le faire. » La première datait du 14 novembre 1908. Jean lui racontait, en le vouvoyant, qu'il venait d'arriver à Paris et de s'installer provisoirement dans un hôtel pour étudiants du Quartier latin. Il disait son bonheur tout frais de fouiller chez les bouquinistes, d'aller écouter les oiseaux au jardin du Luxembourg et de grimper au sommet de Notre-Dame pour admirer, à la hauteur des vitraux, Saint-Georges terrassant le dragon. Dans une autre lettre, de janvier 1909, Jean se réclamait de Du Bellay pour donner quelques conseils à son ami, dont il venait de recevoir les vers, qu'il jugeait « beaux » dans une formule insincère. Il pensait qu'on ne doit pas trop se presser de publier et conseillait poliment la patience à son correspondant. Le 31 mars 1909 — Jean avait vingt-trois ans : « Il me semble que l'on ne doit s'offrir au public que si l'on se sent capable de s'imposer. Ce que j'ai écrit jusqu'ici ne représente que l'aimable banalité poétique dont quiconque est capable à vingt ans. Mes vers ne sont destinés qu'à de rares amis comme vous ou à de petites revues inconnues où je puis savourer l'orgueil de me voir imprimé. *Ils n'offrent qu'une valeur uniquement documentaire par rapport à une époque de ma vie*. J'aurais tenu à ce qu'il n'en fût point parlé. » Un poème était glissé dans l'enveloppe, où Jean disait attendre « je ne sais quel mal dont mon âme a besoin ». Et il ajoutait : « Ce soir est trop doux et la douleur me tente. » La douleur me tente... Quel terrible et prémonitoire aveu.

Aux vacances de Pâques 1909, Jean partit pour Royan afin de réviser son droit administratif et criminel, mais très vite, perché sur la falaise, il négligea ses livres de cours. L'appel de la mer était trop fort. De sa fenêtre, il entendait grincer les poulies et claquer les voiles des sardiniers, il voyait les canards sauvages frôler l'eau argentée, il sentait monter l'odeur forte et humide du varech. Par vagues successives et régulières, le désir du grand large le saisissait à nouveau, le bousculait. L'idée de retourner à Paris et la perspective de devenir fonctionnaire lui semblaient soudain dérisoires. Il était coutumier de ces sautes d'humeur. Chaque fois qu'il revenait flâner sur les quais de Bordeaux, chasser la tourterelle en Béarn, s'allonger sous les pins de Saintonge et respirer à pleins poumons le vent salé d'Aquitaine, Jean faisait le même rêve obsédant : il larguait les amarres, il quittait avec joie son pays d'enfance, il disparaissait derrière l'horizon, accostait sur des îles tropicales, et nul ne retrouverait sa trace, il serait inatteignable. La tentation durait ce que durent les vacances, et, tête basse, scrupuleux et industrieux à la fois, il reprenait son train qui le ramenait jusqu'à la gare d'Orsay dans un fracas régulier de ferraille chaude.

Il était trop bien élevé pour se révolter. Cet idéaliste devenait fataliste. À Paris, il reprenait sagement sa place. « Ma pensée, écrivait-il, brûle lentement comme de la poudre moisie. » Et aussi : « Ici, ma seule distraction est la migraine. » Il s'essayait au cynisme, mais il n'était pas doué pour ça.

En novembre 1909, il expliqua à Louis Piéchaud comment ingurgiter et ranger les textes de loi : « Ils se classent successivement dans le grenier de mon cerveau où je m'occupe à ne pas les laisser envahir par la poussière de l'ennui. Le rond-de-cuir brille comme une auréole au-dessus de ce fastidieux travail, me guidant comme l'étoile de Bethléem. » Mais lorsque tombait la nuit, c'était à nouveau la mer qui, dans son sommeil, le berçait, « au son confus et doux des vagues sur la plage ».

Ce fut la dernière lettre adressée à son ami de jeunesse, auquel le groupe des Bordelais, dont François Mauriac, donna de temps à autre des nouvelles de Jean. La vie les avait simplement éloignés, la guerre se chargerait bientôt de les séparer pour toujours. Au téléphone, Louis Piéchaud m'expliqua d'une voix usée que, vingt-quatre ans plus tard, il n'avait toujours pas accepté la mort de Jean.

— J'étais de six ans son cadet. Pourquoi suis-je sorti entier des tranchées et pas lui ? C'est trop injuste. Moi, j'écrivais des poèmes pour m'occuper et, je l'avoue, pour qu'on me flatte, lui était vraiment un grand écrivain, il avait un monde en lui, une œuvre à faire. S'il avait survécu, je suis certain qu'il aurait tenu la promesse de *L'Horizon chimérique*. Il aurait tourné le dos à Jean Dézert, son emploi, ses habitudes et ses dimanches tristes. Il aurait embarqué, à Bordeaux ou au Havre, sur un cargo « porteur de blés flamands ou de cotons anglais », comme disait Rimbaud. Il aurait écrit des poèmes magnifiques de liberté sous des ciels rouges, dans des ports qui sentent le fuel et la muscade. Il aurait été notre Rimbaud...

Louis Piéchaud soupira et se tut. La ligne grésillait. Je ne savais pas si je devais raccrocher ou tenter au contraire de réveiller chez lui d'autres souvenirs. Et puis, il reprit le fil monocorde de son monologue fatigué.

— Pour notre génération, il fut un modèle. On a

souvent dit que c'était Mauriac, mais non, non, c'était bien La Ville de Mirmont. Mauriac était trop célèbre, trop académicien, trop chrétien pour qu'on se reconnaisse en lui. Et il vieillissait si bien, le cher homme ! On l'admirait volontiers, on ne l'enviait pas, ça non. Sa réussite était ostentatoire. Alors que, en mourant si jeune, La Ville nous a tous réunis, nous les Bordelais nés dans les années 1880 qui aspirions à la poésie, à la révolte, au long voyage, et croyions à la communauté des âmes blessées. Il n'est d'ailleurs pas le seul de nos camarades du Sud-Ouest à être tombé au champ d'honneur. André Lafon, Georges Pancol, Émile Despax, Fernand Moncaut-Larroudé, quand j'y pense, quel massacre, et quel oubli aussi...

Avant qu'on ne raccroche — je n'aurais plus, par la suite, de nouvelles de lui — Louis Piéchaud me confia que les rescapés de la petite bande des écrivains girondins, dont François Mauriac, Jacques Rivière, André Lamandé, le Martiniquais de Bordeaux René Maran, et la mystérieuse Jeanne Alleman, qui signait ses romans Jean Balde, possédaient tous la même photographie. Certains l'avaient encadrée et placée sur leur bureau, d'autres la tenaient au chaud sur le cœur, dans leur portefeuille. Elle datait de 1913. C'était leur talisman, leur image pieuse. On y voyait Jean posant dans l'attitude couchée, tranquille et rimbaldienne, du « Dormeur du Val ». Son visage offrait un profil bien découpé et très blanc. Il avait les yeux fermés et la bouche entrouverte. Il souriait à la manière de l'enfant malade qui craint d'importuner ses parents. Le jeune homme de bonne famille brûlait la politesse à la camarde. Le poète avait voulu jouer à la mort avant qu'elle ne saisisse, dans l'élan, le jeune soldat.

— Vous qui étiez à ses côtés jusqu'à son dernier souffle, dites-moi qu'il avait les mêmes traits paisibles que sur cette photo, oui, dites-le-moi, s'il vous plaît...

Le cœur brûlé par tous les tabacs de la terre
Et mal guéri d'amours nocives et d'alcools,
Je ne désire plus qu'un endroit solitaire
Pour finir mes vieux jours, paisible et sans faux col.

L'Horizon chimérique

Est-il possible, au milieu de sa vie, de se retirer du monde sans le quitter ? Si j'avais la foi, mais ce qu'il en restait m'a abandonné pour toujours après le Chemin des Dames, je chercherais mon Port-Royal-des-Champs à la lisière de la grande ville ou, comme le vieux Huysmans dont Jean a frôlé le fantôme à la Préfecture, je me ferais oblat à la Trappe d'Igny ou à l'abbaye de Ligugé. Mais il n'existe pas de monastère pour les athées, pas de clôture pour les infidèles comme moi. Et pourtant, je crois à la présence des morts, à celle de Jean surtout. Cette disposition à la spiritualité n'est-elle pas suffisante pour mériter d'avoir un strapontin au fond de l'église ?

Qu'importe, le temps des prières a passé, vient l'heure du renoncement. Je n'ai besoin désormais que d'une cabane, avec de l'herbe devant la porte et une rivière dont le courant emporterait sans un bruit mes derniers souvenirs.

Sens, septembre 1939

Je suis si las, si fatigué. Je me demande où je trouve encore la force et des raisons d'écrire. Écrire pour qui ? Pour moi seul. C'est ridicule. Je ratiocine. Je périclite. Je me recroqueville, craque et jaunis comme une feuille d'automne dans un chemin creux.

Ici, mes journées se suivent et se ressemblent. Chaque heure ajoute du rien au rien. Je pense souvent à Jean Dézert, qui considérait la vie comme une salle d'attente pour voyageurs de troisième classe. À cinquante-quatre ans, cloîtré dans une maisonnette aux volets clos, j'ai l'impression d'être un vieillard. Depuis combien de saisons ne les ai-je plus ouverts ? C'est que je ne supportais plus de voir le soleil se lever et se coucher sur des paysages dont l'harmonie et la générosité m'indisposaient. J'ai lu autrefois dans *L'Immoraliste*, de Gide, que « rien n'empêche le bonheur comme le souvenir du bonheur ». J'ai compris pour ma part que rien n'empêche le bonheur comme le souvenir du malheur. Même si je les entends hennir et galoper, du moins le spectacle heureux des chevaux qui cabotinent dans le pré voisin m'est-il épargné. L'insouciance des animaux en liberté, le chant puéril des oiseaux, la joie palpitante des peupliers au plus chaud de l'été, le clapotis de l'Yonne qui coule au pied de mon jardinet, le ronronnement des moissonneuses derrière la colline crayeuse, les jeux des enfants en vacances, et jusqu'au silence de la sieste des voisins, tout cela m'est devenu insupportable.

Désormais, la lumière artificielle suffit à mon ennui. Je passe en pyjama de mon lit à mon bureau, de mon bureau à mon lit, d'une pile de papiers à une autre pile de papiers, d'un halo de soixante watts à un halo de cent watts où les mouches prisonnières de ma neurasthénie s'énervent et se brûlent. Le détour par la cuisine, où, une fois par semaine, Mme Paulette remplit le réfrigérateur et lave la vaisselle, se fait de plus en plus rare. J'ai perdu l'appétit et le goût de vivre. Le présent m'indiffère. Je ne lis pas le journal, n'écoute pas la radio, ne montre aucune émotion quand Mme Paulette m'annonce — ainsi, ce matin même du 2 septembre — que, afin d'incorporer au Reich Dantzig et son corridor, les troupes allemandes viennent d'envahir la Pologne, en conséquence de quoi le gouvernement français a décrété la mobilisation nationale et l'état de siège. Elle lève des bras éplorés, je ferme des yeux agacés. Pour un peu, moi qui ai survécu à la Grande Guerre, je devrais me sentir responsable de ce que le chancelier Hitler appelle « l'intolérable diktat de Versailles » et sur lequel il a donc décidé de prendre sa revanche. Allons donc.

Je n'ose plus me retourner sur mon histoire, qui ressemble maintenant à un terrain vague. Et je fais mien ce que Jean de La Ville de Mirmont écrivait de Jean Dézert : « Le futur ne l'intéressait guère. On n'avait pas bien long à lui apprendre sur son passé. »

Je m'appelle Louis Gémon. Je suis né à Paris, en 1885. Mon père et ma mère étaient professeurs de lettres au lycée Lakanal. Ils croyaient que j'avais hérité de leur vocation, mais moi, je voulais être écrivain. Ils en souriaient et ne manquaient jamais une occasion de me railler. Pour eux, un écrivain digne de ce nom était forcément mort. La littérature qu'ils respectaient et enseignaient reposait au cimetière, et se visitait à heures fixes, sauf le dimanche, un chrysanthème à la main. Ils se moquaient de mes petites aspirations. Lorsqu'ils me voyaient assis à mon bureau et suer sur une page blanche, ils s'échangeaient des regards persifleurs, ajoutant que je prenais des poses, que ça me passerait avec l'âge, que je ferais mieux de trouver un vrai travail. Quand j'y pense, ils n'avaient pas vraiment tort.

Car tout ce que j'ai entrepris, je l'ai raté. J'ai jeté un jour mes poèmes d'adolescence où je lamartinisais, écrit deux romans prétentieux que des éditeurs m'ont refusés au prétexte que je n'étais pas « assez complaisant avec le lecteur », et surtout abandonné en cours de route le livre auquel je tenais le plus : mes *Souvenirs de guerre*. Je souffrais trop. Je n'arrivais pas à décrire ce qui est indescriptible. Je cherchais en vain des mots rares, parce que les mots ordinaires ne suffisaient pas à désigner les corps en charpie de mes camarades, la bouillie d'intestins, les visages sans visage, les peurs à se pisser dessus d'avant l'assaut, les aubes qui se lèvent sur des champs blancs de cendre, les pleurs — oh, ces pleurs — des gamins qu'on ne pouvait pas secourir et qui agonisaient là-bas, sous les buissons rouillés de barbelés. J'ai compris alors ce qu'étaient les limites de la littérature. Elle n'avait pas le pouvoir de faire comprendre, à qui ne les avait pas vécus, l'intolérable scandale de la jeunesse massacrée et l'horrifique spectacle de la chair à canon. Je crois que je ne me suis jamais relevé de cette révélation. À quoi bon écrire, si tous les adjectifs sont inutiles et tous les synonymes, mensongers, si la grammaire est une fausse amie et qu'elle prend un malin plaisir à vous trahir ?

Le seul manuscrit que je vais laisser est celui que, par une fidélité démodée, une loyauté d'un autre temps, j'ai voulu consacrer à un garçon dont le nom résonne comme un octosyllabe. N'est-ce pas dérisoire ? De moi, il ne restera donc que lui et une poignée de ses vers désenchantés, peut-être « Vaisseaux, nous vous aurons aimés en pure perte », ou bien « Quand nous aurons suivi les désirs qui nous mènent, Connaîtrons-nous, un jour, la fin de notre peine? ».

Après la guerre, je ne croyais plus en rien. Grâce à mes états de service, une citation à l'ordre de mon régiment et deux médailles, dont l'une me fut remise sur la plage de Deauville par un vieux colonel aux moustaches blanches atteint de la maladie de Parkinson qui tremblotait de la tête aux pieds, j'ai obtenu, par mansuétude, un emploi subalterne dans une étude notariale du boulevard Haussmann qui me forçait à me lever le matin et me permettait de manger à ma faim et de la viande une fois par semaine. On m'y fichait la paix. On n'osait pas me bousculer. On me regardait avec pitié. Et si je demandais à mon chef de bureau une journée pour mes « travaux personnels », on me l'octroyait volontiers. Pour mes collègues, y compris mes aînés, j'étais, j'ai toujours été « un ancien combattant ». Je faisais peur. J'embarrassais. Parfois, derrière une porte, j'entendais des voix qui chuchotaient : « Gémon? Oh, vous savez, il faut le ménager, le pauvre a fait le Chemin des Dames, il ne s'en est jamais remis... » Lorsque j'arrivais à l'étude, j'étais précédé par une odeur de charcuterie en gros et, quand j'en repartais, j'étais suivi par un remugle de mort. Certains jours, je n'aurais pas été étonné que, à mon passage, on se bouchât le nez. À vrai dire, je les dégoûtais un peu.

À cette époque, m'occuper de Jean fut ma seule raison de vivre. Il donnait un sens à ce qui n'avait plus de sens. Si je n'avais décidé, un matin, de faire connaître ses poèmes et son roman, de lui tendre la main comme s'il me glissait le témoin dans la tranchée où il fut enterré vivant, peut-être aurais-je mis fin à mes jours. Il m'a distrait de mon chagrin, il m'a sauvé de la dépression. Dieu sait que j'ai rempli ma tâche avec conscience et persévérance. Je mériterais une troisième décoration, pour bonne camaraderie. Seulement voilà, j'ai échoué dans mon projet. Qui lit en effet Jean de La Ville de Mirmont en 1939? Personne! On s'arrache *Les Thibault*, de Martin du Gard, *Les Jeunes Filles*, de Montherlant, *L'Espoir*, de Malraux, ou *La Marie du port*, de Simenon, mais *Les Dimanches de Jean Dézert* restent introuvables. L'époque menacée et menaçante veut des épopées, de belles histoires, de l'héroïsme, de l'évasion, quoi de plus légitime, et le cynisme n'est plus à la mode. Et puis, je n'ai pas mesuré combien, en le ressuscitant, je me condamnais. Car on ne construit jamais une existence sur la tombe d'un mort.

J'ai cru que je survivais à Jean, mais la vérité, c'est que je me suis tué pour lui. Je lui ai tout sacrifié, au point d'en oublier de respirer. Je n'ai pas réussi à écrire parce que je passais mon temps à le relire. J'ai préféré son passé à mon avenir. Il a été mon jumeau de guerre, mon double idéal, et je ne suis jamais parvenu à en faire le deuil.

Je me souviens qu'autrefois, j'étais orgueilleux, j'avais de l'ambition, je voulais fonder une famille, faire une œuvre, avoir une grande maison remplie d'enfants, de pianos et de souvenirs. Aujourd'hui, je suis seul et je n'ai que des remords. Quelle tristesse. Il m'arrive même — et je ne me reconnais pas dans cette amertume — d'en vouloir à Jean, de le rendre responsable de l'état où je me trouve. Il ne m'avait pourtant rien demandé. Le pauvre garçon avait si peu le souci de sa postérité ! Comment eût-il pu imaginer que son frère d'armes se métamorphoserait en légataire testamentaire et, au mépris de sa propre identité, se contenterait d'être appelé « l'ami de La Ville de Mirmont » ?

Plus je dresse le bilan de mon existence, et plus j'en mesure la faillite. Même l'amour m'a été refusé. Ou plutôt : je m'y suis refusé. Lorsque j'ai rencontré Constance, j'ai cru que ma vie allait enfin basculer. Je l'aimais, elle m'aimait. Nos corps, le mien blessé, le sien triomphant, s'entendaient merveilleusement bien. On faisait l'amour avec une bonté et des gestes de rescapés. Très vite, elle attendit de moi que je la demande en mariage. Je lui promis de le faire, mais je remettais toujours mon engagement à plus tard. Rien ne pressait. Imbécile que j'étais. Elle accepta pourtant de vivre avec moi, dans ma tanière, et cessa même de voir ses parents, qui condamnaient avec fermeté notre union libre et la menaçaient du pire si elle ne me quittait pas. Elle avait du cran, je n'étais que neurasthénique. Elle voulait m'attirer vers la lumière, je revenais sans cesse à la grande nuit de 14. Elle était douée pour les éclats de rire, je me complaisais dans les pleurs secs. Avec le temps, j'ai laissé Jean prendre une place de plus en plus grande dans notre couple. J'ai négligé Constance pour un mort. Et je n'ai pas su écouter ses avertissements. Un matin, elle disparut, emportant avec elle toutes ses affaires. Elle me laissa une lettre sur la table de nuit.

« Louis,

J'ai été très patiente. Je t'ai pardonné tes absences, ta noirceur, tes obsessions. J'ai même accepté de vivre, par la force des choses, avec ce jeune homme dont tu m'as fait découvrir les poèmes simples et poignants. J'ai pensé qu'un jour tu sortirais de ce long tunnel et que je serais enfin ta femme. Mais j'ai compris que je ne comptais pas pour toi et que personne ne te sauverait. La guerre est passée, Louis, on vit en paix depuis près de vingt ans, tu as retrouvé l'usage de tes jambes, et je n'ai pas vocation à être ton infirmière pour l'éternité, à panser nuit et jour tes plaies imaginaires. C'est trop dur pour moi.

Regarde-toi : tu as peur de vivre, peur d'être heureux, peur d'être un mari et de devenir un père. Tu as même peur de me regarder en face. Je crois que tu ne m'as jamais aimée.

Moi, je t'ai vraiment aimé, et je ne t'aime plus. Je vais essayer maintenant de rencontrer un garçon neuf et léger qui sourie au soleil et me donne plein d'enfants insolents. Mon départ, je le sais, ne changera rien à ton existence étriquée et malsaine. Et puis tu as Jean, n'est-ce pas?, pour veiller sur toi. Qu'il te protège. Après tout, c'est son métier, c'est la fonction que tu lui as assignée, non?

N'essaie surtout pas de me joindre. Je disparais aussi discrètement que je suis entrée par mégarde dans ta vie comme un chien errant dans une maison en ruine.

Constance »

Peu de temps après, j'ai donné ma démission de l'étude. J'avais décidé d'aller jusqu'au bout de mon désastre. J'ai vendu le studio parisien dont j'avais hérité et j'ai acheté cette petite maison, située sur la rive pauvre d'un bras de l'Yonne, que je n'ai pas eu à cœur de restaurer. Comme moi, elle s'écroule lentement et elle sent mauvais. Je fais en sorte que personne, à l'exception de Mme Paulette, ne m'y visite. Je vis de ma modeste pension d'ancien combattant. Le courrier est mon dernier lien avec l'extérieur. J'écris des lettres aux amis de Jean, qui ont cessé pour la plupart de me répondre. Ils me prennent pour un fou. Même Mauriac, le fidèle parmi les fidèles, me sermonne : « Ce n'est pas parce que Jean a beaucoup souffert et a beaucoup voulu souffrir que vous devez l'imiter. Ne soyez pas plus catholique que le pape. Et puis, ce rêveur ne fuyait pas la vie. Revenez parmi nous, Louis. Après, il sera trop tard. Si vous ne rejoignez pas notre rivage, vous allez vous noyer. »

Je me noie, en effet, et il est déjà trop tard. La gentille et vaine supplique de Mauriac me rappelle soudain l'un des plus beaux textes de Jean, encore plus méconnu que ses poèmes — c'est dire qu'on ne l'a jamais lu. Il s'intitule *Les Pétrels*. Jean attribuait à leur myopie, qui en vérité était la sienne, un grand affolement et une infinie tristesse. Il raconte qu'un soir, sur une des plages de l'Atlantique où il avait l'habitude de se promener, ces oiseaux de mer au bec crochu et aux longues ailes voulurent échapper à la nuit et rattraper le soleil couchant. Ils s'envolèrent en formation triangulaire au-dessus de l'Océan, « ramant l'air à la cadence de la chanson des grands voyages », et poursuivirent la lumière qui rougeoyait à l'horizon tandis que, l'un après l'autre, les phares s'allumaient le long de la côte. Lorsque l'obscurité tomba, ils continuèrent de cingler, croyant toujours débusquer au loin le précieux rayon vert. Mais certains, épuisés par l'effort, tombèrent tête la première dans les flots tumultueux et un nuage de duvet blanc. « Le petit nombre qui survécut à cette aventure n'a pas encore compris comment le soleil, qu'ils poursuivaient depuis la veille, les surprit par-derrière au lendemain matin. » On ne rattrape pas plus le soleil perdu qu'on ne réveille de son sommeil éternel l'ami disparu. Je me demande si cette fable sur l'illusion d'optique que Jean a écrite à vingt ans ne m'était pas destinée, si du moins elle n'était pas destinée au frère imaginaire qui lui survivrait. Ce pétrel plaintif, ignorant et borné, qui fonce droit vers la clarté sans comprendre que le soleil descend pour mourir, c'est moi. Je suis devenu un oiseau de l'amer aux ailes brisées qui se terre dans un trou humide du Senonais.

À vivre parmi vous, hélas ! avais-je une âme ?
Mes frères, j'ai souffert sur tous vos continents.
Je ne veux que la mer, je ne veux que le vent
Pour me bercer, comme un enfant, au creux des lames.

L'Horizon chimérique

Je n'ai jamais vraiment aimé les autres. Petit, à l'école, alors que tous mes camarades allaient par paires, je m'arrangeais pour être seul à mon pupitre. Dans la cour de récréation, je ne frayais avec aucune bande. Je n'ai pas été davantage sociable à la Faculté, je l'ai été moins encore dans les quelques bureaux où j'ai travaillé. Je me demande aujourd'hui si les poèmes et le bref roman de Jean n'ont pas donné un argument décisif à ma misanthropie. Si mon attachement à lui n'est pas d'abord une aspiration à la sauvagerie que chacun de ses vers, chacune de ses phrases exprime avec une conviction d'acier.

Sens, juillet 1941

Mme Paulette m'a lu ce matin un article du journal où il est raconté comment la ville de Smolensk, en URSS, est tombée aux mains de ce maréchal von Bock qui parada avec ses troupes, en juin dernier, sous l'Arc de Triomphe, et qui commande désormais, sur le front de l'Est, l'opération Barbarossa. Elle me dit aussi que le gouvernement du maréchal Pétain vient de faire édicter une loi pour éliminer toute influence juive dans l'économie. Elle essaie d'obtenir de moi, à défaut de colères, du moins des réactions, quelques commentaires, et devant ma boudeuse impassibilité, la brave femme hausse les épaules de dépit et se mord les lèvres.

Depuis que Sens s'est mise à l'heure allemande — couvre-feu, fermeture des cafés et restaurants dès vingt et une heures trente, interdiction de circuler entre vingt-trois heures et cinq heures du matin —, Mme Paulette n'en finit plus de pester. Elle appelle les soldats de la Wehrmacht des « goujats ». Passe encore qu'ils occupent la caserne Gémeau, qu'ils aient transformé les locaux de la Caisse d'Épargne en bains-douches et l'*Hôtel du Relais fleuri* en infirmerie, qu'ils aient vidé toutes les réserves de champagne de l'*Hôtel de Paris*, où siège maintenant la Feldgendarmerie, et réquisitionné la maison du docteur Lorne afin d'y installer la Kreiskommandantur. Mais qu'ils posent pour des photos en uniforme devant le porche de la cathédrale gothique avant d'y pénétrer en vainqueurs satisfaits et qu'ils osent habiter le grand séminaire, oui, monsieur Gémon, le grand séminaire ! lui est proprement intolérable.

— Que ces goujats prennent notre pain et notre vin, c'est de bonne guerre, mais qu'au moins ils laissent Dieu en paix. Il ne nous reste plus que les nourritures spirituelles, et voilà qu'ils nous les volent, les vert-de-gris ! Et de quel droit ? Après tout, la France n'est-elle pas la fille aînée de l'Église ? Ça ne vous choque pas, vous ?

— Oh, vous savez, madame Paulette...

— Pour ça, j'en sais moins que vous, monsieur Gémon. Quand on voit tous les bouquins et tous les papiers qu'il y a chez vous... La culture, c'est vous qui l'avez. Je me demande parfois à quoi elle vous sert. Jamais un coup de gueule, jamais un mot plus haut que l'autre, toujours cette mine renfrognée, je ne dis pas ça méchamment, mais c'est vrai, on dirait que tous nos malheurs glissent sur vous comme la pluie de novembre dans une gouttière en cuivre.

— L'avantage, voyez-vous, de ne pas sortir de chez soi et de ne pas lire les journaux, c'est qu'on ne les voit pas, les Boches...

— Tiens, vous dites les Boches, c'est comme ça qu'il les appelait, Maurice.

— Maurice ?

— Mon pauvre mari, gazé à Verdun. Quand on me l'a rendu, en 18, il respirait à peine. Plus de poumons, plus de souffle, et la peau sur les os. Impossible pour lui de reprendre son boulot à la scierie de Pont-sur-Yonne. Il est mort deux ans plus tard, les yeux révulsés, dans des souffrances que je vous dis pas. Mais ça, monsieur Gémon, vous ne pouvez pas comprendre. Vous êtes un intellectuel, vous. Cette guerre-là, ce fut une horreur. Les rares fois où il m'en a parlé, mon Maurice, il arrivait pas au bout de ses phrases, il en chialait et en tremblait encore. On aurait dit qu'il avait vu l'enfer. Tout son régiment, le 259ᵉ, y est passé, ou presque, pris au piège dans un ravin entre les batteries allemandes qui tiraient trop long et les canons français qui tiraient trop court. Un vrai carnage ! Je me demande même si, pour lui, il n'aurait pas mieux valu qu'il y reste. Et puis quoi, c'était bien la peine de la gagner, cette foutue guerre, pour qu'ils reviennent nous occuper, les Boches, nous humilier vingt ans plus tard et plastronner dans nos églises ! Ça, le Maurice, il l'aurait pas supporté. Et il aurait été encore plus malade de savoir Pétain dans ce pétrin. Et puis quoi, serrer ensuite la main de Hitler dans une gare française, ça vous déshonore un maréchal, non ?

Pour mettre un terme à ses insinuations et ses railleries, j'ai fini par avouer à Mme Paulette que, moi aussi, j'avais participé à la Grande Guerre et que j'avais été blessé au Chemin des Dames. J'avais vécu le même cauchemar que son mari et je ne m'en étais jamais remis. Alors, l'occupation de notre pays par les Boches, c'était pire qu'une défaite, c'étaient un million trois cent mille Français morts pour rien, et c'était un poète, fauché sous mes yeux, qui ne deviendrait jamais le grand écrivain qu'il promettait d'être. J'avais dit ça d'un seul souffle en faisant tourner, sur mon doigt, la chevalière en or de mon ami.

Elle m'a regardé comme on regarde, sur une route, un animal blessé, avec un mélange de pitié, de dégoût et d'impuissance.

La cathédrale sonna midi.

— Je comprends mieux, maintenant... Et il s'appelait comment, votre ami ?

— Ça ne vous dirait rien, madame Paulette.

— Dites quand même...

— Jean de La Ville de Mirmont.

— Pour un nom à rallonge, c'est un nom à rallonge. C'était un aristo ?

— De naissance, oui. Mais s'il n'avait eu une si

petite vie, il aurait été un poète populaire. Allez, on a assez parlé. À la semaine prochaine, madame Paulette.

— Prenez soin de vous, monsieur Gémon.

Bulletin de l'Association des amis de Jean de La Ville de Mirmont, n° 12, janvier 1952.

SUR UN MANUSCRIT RETROUVÉ

Pour confidentielle qu'elle soit, la parution, réservée aux membres de notre Association et aux abonnés de notre *Bulletin*, de *Bleus Horizons*, dont le titre rappelle le roman de Roland Dorgelès, nous a valu quelques lettres de lecteurs légitimement curieux d'en savoir plus. Car si le témoignage de Louis Gémon (1885-1942), qui tient à la fois de l'essai et du journal intime, nous fait mieux connaître Jean de La Ville de Mirmont, il ne fournit guère d'informations sur l'auteur de ce manuscrit qu'il n'avait pas envisagé, à notre connaissance, de publier, mais qu'il ne voulait pas non plus voir disparaître — il était bien en vue sur son bureau, à son domicile de Sens (Yonne), comme s'il attendait d'être ramassé par une main amie. Notre collègue de l'université de Bourgogne, Mme Jeanne Derblais, nous racontera, dans un prochain numéro de ce *Bulletin*, par quel heureux hasard elle est entrée en possession de ce précieux document.

Voici, dans l'état actuel de nos recherches en France mais aussi en Allemagne, ce que nous avons pu reconstituer de la biographie de Louis Gémon.

Né à Paris le jour de la mort de Victor Hugo, le 22 mai 1885, il a eu très tôt la vocation littéraire. Il évoque lui-même dans son texte la difficulté qu'il a éprouvée à s'imposer dans une famille — ses parents étaient professeurs de lettres — qui doutait de ses dons et rêvait, pour lui, d'une situation stable dans les assurances, la banque ou, mieux encore, la fonction publique. Malheureusement, nous n'avons retrouvé aucune trace des poèmes et des romans qu'il prétend avoir écrits.

Après avoir suivi ses études au lycée Condorcet, où ses notes n'allaient jamais au-delà de la moyenne, il est entré à la faculté des Lettres de Paris, où il a obtenu une licence. Il a multiplié ensuite les emplois : surveillant au collège Stanislas, assistant de l'académicien Eugène Melchior de Vogüé, avant d'obtenir, en 1907, un poste de secrétaire à l'Assemblée nationale, dont les registres que nous avons consultés portent la signature. Il a notamment participé au compte-rendu des débats sur l'interdiction de l'emploi du blanc de céruse dans la peinture du bâtiment ; sur le crédit alloué pour l'expédition militaire au Maroc ; sur la dévolution des biens religieux ; sur la prohibition de l'absinthe ; et sur le droit de timbre appliqué aux affiches lumineuses. Sans explication, il a démissionné du Palais-Bourbon à l'automne de 1910, au lendemain de la grande grève des cheminots et de l'occupation, par l'armée, des réseaux de chemin de fer.

On ignore ensuite de quoi vécut Louis Gémon jusqu'à sa mobilisation, en septembre 1914. Preuve que la littérature continuait de le passionner, il signa, dans *La Revue des Deux Mondes*, un hommage vibrant à l'écrivain qu'il avait brièvement servi, le vicomte Eugène Melchior de Vogüé, auteur du *Maître de la mer*, disparu dans sa soixante-deuxième année. « À ce diplomate, qui fut en poste à Saint-Pétersbourg et qui épousa, dans la chapelle du Palais d'hiver, la fille du général Annenkoff, aide de camp de l'empereur Alexandre II, on doit de mieux connaître, en France, les secrets de l'âme russe et le génie de son roman », écrivait Gémon avec un lyrisme teinté de reconnaissance. Nous avons aussi retrouvé trois chroniques données par lui, en 1911 et 1912, au *Mercure de France*. Consciencieuses, exhaustives, mais peu inspirées, elles étaient consacrées au romancier et ouvrier Pierre Hamp, lequel inaugurait avec *Marée fraîche* le cycle de *La Peine des hommes* ; à *La Guerre du feu*, de Rosny aîné, le président de l'académie Goncourt ; et au *Saint-Matorel*, de Max Jacob, illustré par Pablo Picasso.

Signalons enfin à nos lecteurs cette évocation rapide, hautaine et sibylline de Louis Gémon dans le *Journal* d'André Gide, à la date du 12 avril 1912 : « Rencontré, à sa demande, dans les bureaux de la

NRF, un jeune homme bien fait de sa personne et un peu trop fougueux à mon goût, dont j'essaie en vain de calmer les ardeurs, sinon les ambitions. Il voudrait écrire dans la revue, un de plus !, mais il ne sait pas sur quoi ni pourquoi. Il dit être poète et romancier, mais avoue aussitôt que tous ses manuscrits sont actuellement "en chantier". Il a la ferme intention de découvrir le monde, de voyager loin, mais il ignore où, quand et comment. Le plus drôle est qu'il est venu avec, dans sa sacoche, un exemplaire de *Paludes* recouvert de papier de cellophane. Je le lui ai dédicacé avec ces mots : "À M. Louis Gémon, qui s'y reconnaîtra peut-être, lorsqu'il aura vieilli..." Pas sûr que la formule le fasse sourire ni qu'il la comprenne. Il m'a remercié en me donnant du "maître". Je lui ai conseillé de ne pas en rajouter et de lire plutôt mes *Nourritures*. Étrange garçon, moitié vantard embarrassé, moitié timide contrarié, que je ne reverrai sans doute pas. Il n'est pas terminé. S'il veut un destin, il faudra qu'il croise un événement plus grand que lui. Je doute qu'il ait cette bonne fortune. »

Deux ans et demi plus tard, Louis Gémon rejoignait le 57e de ligne à Libourne, où il rencontra Jean de La Ville de Mirmont. Ce fut le début d'une amitié exceptionnelle dont la brièveté n'eut d'égale que l'intensité. Elle se renforça même après la mort du jeune poète. Blessé en février 1915, non loin du front où tomba le sergent La Ville de Mirmont, transporté et soigné à l'hôpital complémentaire 38 de

Deauville (Calvados), le caporal Gémon se consacra ensuite à la propagation exclusive de l'œuvre de celui qu'il considérait comme son « frère spirituel ». Il raconte, dans son livre, toutes les démarches, parfois obsessionnelles, qu'il a entreprises auprès des éditeurs et de diverses personnalités, dont François Mauriac et Gabriel Fauré, afin que l'auteur des *Dimanches de Jean Dézert* ne sombre pas dans l'oubli. Certaines furent couronnées de succès, ainsi la parution, en 1929, de *L'Horizon chimérique* aux Éditions Bernard Grasset.

Pour Louis Gémon, ce sacerdoce eut un prix élevé : sa propre vie fut un échec, dont témoignent plusieurs pages de son émouvant manuscrit. Il semble qu'il n'ait jamais écrit d'autres livres que ce texte inachevé sur son camarade de tranchée. Il cessa par ailleurs de collaborer aux revues littéraires où il avait fait ses débuts et fut engagé, pour des tâches secondaires, dans l'étude d'un notaire parisien. Quant au chapitre privé, il est désespérément vierge : il entretint une liaison avec une Constance dont on ignore toujours le nom, ne se maria jamais, et n'eut apparemment aucun ami, comme s'il avait refusé à quiconque, pendant vingt-cinq ans, le droit d'occuper, dans son cœur et son esprit, la place laissée vide par Jean de La Ville de Mirmont.

En 1938, il quitta Paris pour s'installer à Sens, où son oncle et sa tante maternels avaient tenu, dans les années vingt, un cabinet de médecine générale. Il acheta, sur un bras mort de l'Yonne, une petite maison augmentée d'un jardinet dont la grille donnait sur le chemin de halage où il attendait le coucher du jour, et le départ des pêcheurs, pour aller s'y promener. Seule une femme de ménage, Mme Paulette Thierry, veuve du poilu Maurice Thierry, disparue en 1946, était alors admise à entrer chez lui.

La fin de sa vie est pour le moins confuse. D'après les archives de l'armée allemande, auxquelles nous avons eu accès à Berlin (RFA), Louis Gémon, sortant de sa réserve et de sa solitude, aurait « sympathisé » *(sic)*, à partir de la fin de l'été 1941, avec un officier de la Feldgendarmerie.

Âgé de quarante-sept ans, le major Ulrich Hohenberg avait servi, en 1914, avec sa compagnie, sur le front de Verneuil, où il avait reçu la croix de fer pour actes de bravoure, et il avait pris ses fonctions, à Sens, en janvier 1941. Louis Gémon lui aurait rendu plusieurs fois visite à l'hôtel de Paris, où il logeait et commandait, pour le secteur de l'Yonne, la Feldgendarmerie. Les archives allemandes mentionnent de simples rencontres « de courtoisie » entre les deux hommes, qui parlaient pour l'essentiel de « littérature » et de « la Grande Guerre », au cours de laquelle ils se seraient affrontés à quelques centaines de mètres l'un de l'autre et auraient peut-être échangé, les jours de cessez-le-feu, des boîtes de pâté et des cigarettes. On a trouvé dans les affaires du major Hohenberg un exemplaire numéroté de *L'Horizon chimérique* (édition originale de 1920, ornée de bois gravés de Léon Dusouchet) que Louis Gémon lui avait offert en le lui dédicaçant ainsi : « Au major Hohenberg, ces poèmes d'un jeune rêveur dont un obus allemand a brisé le beau voyage. »

Le 21 janvier 1942 — jour où des artistes français renommés, parmi lesquels Dunoyer de Segonzac, Derain, Bouchard, Vlaminck, Van Dongen, Landowski, partirent pour Berlin, à l'invitation des services culturels du Reich, afin d'œuvrer au rapprochement des deux cultures —, Louis Gémon se rendit à l'hôtel de Paris, où il avait rendez-vous, à onze heures du matin, avec le major Ulrich Hohenberg. À peine entré dans son bureau, il sortit de sa poche un revolver d'ordonnance, modèle 1892, et tira une balle sur l'officier allemand, qui fut tué sur le coup. La détonation alerta les deux gardes en faction qui entrèrent et abattirent Louis Gémon, dont le corps tomba sur celui de sa victime.

Un entrefilet fut publié le 23 janvier dans le journal : « Un terroriste de cinquante-sept ans a commis, contre un officier de l'armée d'occupation, un acte d'une lâcheté inouïe, en conséquence de quoi vingt Français ont été arrêtés et pris en otages. »

On ignore encore où la dépouille de Louis Gémon a été enterrée. Si seulement elle l'a été.

G. M.,
Université de Bordeaux

Paris, décembre 1914	13
Verneuil-en-Champagne, novembre 1914	17
Deauville, février 1915	37
Deauville, Pâques 1915	47
Deauville, septembre 1915	57
Saint-Cloud, avril 1916	65
Paris, avril 1919	75
Paris, janvier 1921	85
Annecy-le-Vieux, août 1922	101
Paris, juin 1928	117
Paris, juin 1928	125
Bordeaux, janvier 1929	135
Trouville-sur-Mer, mars 1935	153
Malagar, septembre 1938	163
Paris, novembre 1938	177
Sens, septembre 1939	187
Sens, juillet 1941	201
Bordeaux, janvier 1952	207

Œuvres de Jérôme Garcin (suite).

PERSPECTIVES CAVALIÈRES, Gallimard, 2003 (prix Pégase de la Fédération française d'équitation). Folio, n° 3822.

LES LIVRES ONT UN VISAGE, Mercure de France, 2009. Folio, n° 5134, édition augmentée.

Correspondance

FRATERNITÉ SECRÈTE, CORRESPONDANCE JACQUES CHESSEX-JÉRÔME GARCIN, Grasset, 2012.

Dialogues

ENTRETIENS AVEC JACQUES CHESSEX, La Différence, 1979.

SI J'OSE DIRE, ENTRETIENS AVEC PASCAL LAINÉ, Mercure de France, 1982.

L'ÉCOLE BUISSONNIÈRE, ENTRETIENS AVEC ANDRÉ DHÔTEL, Pierre Horay, 1983.

DE MONTMARTRE À MONTPARNASSE, ENTRETIENS AVEC GEORGES CHARENSOL, François Bourin, 1990.

Direction d'ouvrages

DICTIONNAIRE DE LA LITTÉRATURE FRANÇAISE CONTEMPORAINE, François Bourin, 1988. Édition augmentée : DICTIONNAIRE DES ÉCRIVAINS CONTEMPORAINS DE LANGUE FRANÇAISE PAR EUX-MÊMES, Fayard/Mille et Une Nuits, 2004.

LE MASQUE ET LA PLUME, avec Daniel Garcia, Les Arènes. 10/18, n° 3859, 2005 (prix du Comité d'Histoire de la Radiodiffusion).

NOUVELLES MYTHOLOGIES, Le Seuil, 2007. Points-Essais, n° 661, 2011.

Photocomposition CMB Graphic.
Achevé d'imprimer
par CPI Firmin Didot
à Mesnil-sur-l'Estrée, le 20 janvier 2013
Dépôt légal : janvier 2013.
Numéro d'imprimeur : 116210
ISBN 978-2-07-013061-0 / Imprimé en France.

177245